# ペイント

イ・ヒヨン
小山内園子 訳

イースト・プレス

目次

# ジェヌ、301です

　二人は、ホログラムで見ていたのとは少し違った。女は暗い肌をしていて、男は目元が皺でいっぱいだった。女は満面の笑み、男はいかにもやさしげにほほえんでいた。ガーディにとんとんと肩を叩かれたのを合図に、僕は二人にこくんと頭を下げた。

「こんにちは」

「まあ、ホログラムとおんなじね。ううん、ずっとハンサムよ。ええっと……」

　ぐっと大股で女が近づいてきて、僕は半歩退いた。ガーディが大丈夫だというようにそっと僕の肩に手を当てた。女は何か思い出そうとしているらしく、眉間に皺を寄せた。おそらく僕の名前を呼びたいんだろう。

「ジェヌ、301です」
　301、は言わなくてよかったか？　だが「ジェヌ」よりも「ジェヌ301」のほうが正確だった。全国に数えきれないほどのジェヌがいるが、301は僕だけの固有ナンバーだから。

「じゃあ、あなたは一月に引き取られた……」

男にツンと脇腹をつつかれ、女は慌てて口をつぐんだ。僕は思わず鼻で笑ってしまった。

ガーディがコホンと咳払いをした。礼儀正しくしろというサインだ。ミスったのはあちらさんなのに、なんで毎回、こっちばかりが礼儀正しくしていなきゃいけないのかわかんないんだけど。僕は口を尖らせてちらっとガーディを見た。

「座って話しましょう」

ガーディが中央のテーブルへと丁重に案内した。二人が腰を下ろすのを待って、僕とガーディは向かい側に座る。

「お飲み物は、何を？」

ガーディが尋ねると、女が僕のほうを見た。

「何を飲む？　飲み物はどんなものが好き？」

僕は女から顔を背け、ガーディに返事をした。

「コーヒーで」

無視されたと思ったのか、女の顔から笑みが消えた。男が大げさに笑って気まずい空気を変えようとした。どうやら彼はかなりの努力家らしい。

「じゃ、私らも同じものにしましょう」

ガーディは肯くとテーブルの上のベルを押した。

「コーヒー」

低く落ち着いた声がインタビュールームに響き、すぐにヘルパーがコーヒーを四つ、トレイに乗せてやってきた。

「まあ、あんな大きいヘルパー、初めて」

「ここは子どもが多いので、一般家庭用のヘルパーでは間に合わないんです。NCセンター用に、政府が特別に作らせたヘルパーです」

ガーディの説明に二人があいづちを打った。僕は、いつかスクリーン広告で見かけた家庭用ヘルパーのことを思い浮かべた。ミニロボットだったがコンパクトな大きさで、色やデザインが選べるオプション機能までついた、どれも個性的なシロモノだった。一時はヒト型のヘルパーが製造されていたらしい。だが、あまりにも人に似ているヘルパーは使う側に思いもよらぬ拒否反応を引き起こした。人間とよく似ているのに人間ではない存在への嫌悪感みたいなものだろうか。その後、ロボット会社は少しずつデザインを単純化していった。近頃のヘルパーは人間との類似度が六十パーセントくらいになっている。誰が見たってロボット以外の何物でもなかった。

女が飲んでいたコーヒーをテーブルに置いた。コトッという音が狭いインタビュールームに響き渡った。向かいに座るガーディを見つめる。

「ずっと望んでいたんです。こちらに伺おうかと何度も迷いましたが、勇気が出ませんでした。ガーディさんもおわかりだと思いますけど、いい親になるのって簡単なことではないですよね。本当に私が立派な母親になれる？　何度も迷って悩みぬいた末に、精一杯がんばってみよう、可哀想な子にあったかい家庭を作ってあげよう、その一心でお邪魔したんです」

コーヒーカップ越しにちらちら見ていなかったら、女が男の脇腹をつついたのに気づかなかったかもしれない。男がハッハッハと笑い声を上げた。

「若い頃は気づきませんでしたがね、年をとると、二人だけで住む家っていうのもわびしいもんでして。私もよそさま同様、息子と旅行に行ったり、釣りしたりして過ごせたらどれほど楽しいかと」

まるで商品をじっくり品定めするように、男が僕の顔をまじまじと見つめた。

「私ね、あなたのホログラムを見た瞬間、心臓がドキンッてしたの。ああ、この子だ、って。なんてこと！　こんなにスラッとしてハンサムな子が、今の今まで家族を見つけられずにいるなんて。そう思っただけでも胸が痛くなって……」

女は指先で涙をぬぐい始めた。僕は奥歯をかみしめた。今にもあくびが出てしまいそうだったのだ。僕の様子をちらりとうかがったガーディの顔つきは、真冬の夜明けの風景みたいに冷ややかだった。彼が僕の気持ちを察してくれたのはラッキーだったが、一方でやや申し訳ない気もした。

「私たち、ちょっと外に出て散歩でもする？　お天気だし。そうしたらお互いに……」

「できません。今日は簡単な自己紹介の挨拶だけでお願いします」

ガーディの冷たい声が素早く女の言葉を遮った。こんなとき、ガーディのがちがちの原理原則主義がありがたい。必死に笑顔を作ってはいるものの、女の両目にはありありと悔しさがにじんでいた。ガーディが席から立ち上がると、二人も仕方なさそうに腰を上げた。

僕は精一杯礼儀正しい態度で、NCセンターを訪ねてきたこのプレフォスター（prefoster）に頭を下げた。

「さようなら」

「一度、抱きしめてあげたいんだけど」

「まだ身体接触はできません」

原則重視のガーディのキャラが再度発揮された瞬間だった。

「ここを出たらすぐにまた会いたくなりそう。私たち、絶対また会いましょうね」

僕は答える代わりにかすかにほほえんだ。二度とこの人たちと会うことはないはずだった。二人が部屋を出るが早いか、ヘルパーがやってきてコーヒーカップを下げた。できれば僕のことも、このクソなインタビュールームからとっとと片づけてほしかった。

「お疲れさまでした」

ドアに向かおうとすると、後ろからガーディの声が飛んできた。

「ジェヌ301、今年でいくつだ?」

わかってて聞いてるんだろ。だよな、このまま部屋から送り出してくれるようならパク、いや、ガーディじゃないもんな。子どもたちを統率し、保護者の役目をする人間は「ガーディアン」といったが、僕らは略して「ガーディ」と呼んでいた。また、ガーディが僕らを数字つきで呼ぶように、僕らも彼らを苗字で呼び捨てにした。僕らが手に入れることのできない、あのご立派な苗字ってやつで。だが父母面接をするとき、僕はよくガーディと妙な距離を感じた。もちろん公式の場だから、呼び方も苗字ではなく「ガーディ」と堅苦しかった。特にパクに対してはそうだ。僕はゆっくり振り返った。

「十七歳です」

答えなければいけなかった。それがここの規則だから。

「もうセンターでの残り時間はせいぜい……」

「三年。二十歳になる年の二月末に退所だから、正確には二年と四か月ですかね？」

ガーディが疲れているように両手で顔を撫でおろした。

「君はそれがどういう意味か、わかっているか？」

「僕のIDカードに、一生NC出身ってレッテルが貼られるってことでしょう」

「どうでもよさそうな言い方だな」

どうでもいいわけではなかった。一生NCの烙印を押されて生きるのは、明らかにつらいはずだから。ここで成人して退所した人がどんな差別の中で暮らしているか、さんざん聞いてよくわかっていた。だからNCの子どもたちは父母面接をし、早くセンターから出ていこうとする。もちろん、新しい善良な親のもとで幸せに暮らす子どももいることにはいるが、大方は互いに必要なものを与えあい、家族というまことしやかな仮面をひっかぶって暮らしていく。

僕はガーディの青白い顔をまっすぐに見つめた。

「あの人たち、かなりの借金があるんですか？」

ガーディはじっと僕を見つめると、低くため息をついた。

「チェが言ったのか？」

もしかしたらとは思ったが案の定だ。今ではプレフォスターの顔を一目見ただけでわかるようになっていた。無職か、膨れ上がった借金に困っているか、あるいは老後の貯えが乏しいことに突然気がついて、ケツに火がついたか。

「いえ、何も」

僕の様子をうかがうような顔つきでガーディが僕を見た。それで十分だった。わざわざチェが教えてくれなかったとしても、あの二人を見た瞬間わかった。「私たちは喉から手が出るほど政府からの支援金が欲しい」。言葉にはせず、でもひどく露骨な顔でそう言っていた。

ガーディがつかつかと歩み寄ってくると、片方の手を僕の肩に置いた。

「ジェヌ301」

返事はしなかった。必ずしも答える必要はないと思った。

「NC出身者として生きるのは、君が思うよりはるかに大変なことだ」

「ひどい親のもとで暮らすのは、もっと大変ですよね」

ガーディの長く濃い睫毛《まつげ》がかすかに震えた。

「お疲れさまでした」

もう一度言い、僕はドアに向かった。

「君も、お疲れだった」

背後からガーディの声がした。僕は答えずにインタビュールームを後にした。

センター棟を出ると、目の前に大きなグラウンドが広がっていた。グラウンドの向こうには学校と宿舎の建物、そして屋根がドーム型になった講堂が見えた。四方には緑の森ばかりが広がっているが、あの森を本物だと信じる者は誰もいなかった。ただのホログラムだから。あの青い森は高い塀でしかない。僕は首を回して青空を見上げた。あの空は本物なんだろうか？　つまらないことを思った。

NCセンターは韓国全域に散らばっていた。種類は大きく三種類に分かれる。生まれてまもない赤ん坊や未就学の児童を管理しているファーストセンター、小学校入学から十二歳までを教育するセカンドセンター、そして十三歳から十九歳まで父母面接ができるラストセンター。僕もファーストセンター、セカンドセンターを経由してここにたどりついた。「ラスト（last）」という言葉通り、ここはNCセンターの子どもたちが最後に通過する家というわけだ。

グラウンドを横切ってとぼとぼと宿舎に向かった。歩いている途中で手首につけたマルチウォッチのライトが点灯した。画面をタップするや否や、目の前にホログラムが現れた。ガーディからのアクセスだった。スワイプするとホログラムが消え、代わりに音声が流れてきた。

「なぜムービングウォークで移動しない？」

「虫のかたちのドローンでも飛んでたら困りますか？」

蝶やテントウムシ、ハチ、トンボといった昆虫型のドローンがときどきNCセンターに飛んできた。NCの外の人たちは、僕らの存在を気にかけていたから。なかには、僕らが不法に身分をロンダリングしていると懸念の声を上げる者もいた。無知な人々はNCセンターを何かの犯罪者が閉じ込められている監獄と思っているらしかった。もっとも、僕らは大人になるまでここを抜け出せないわけで、監獄といえば監獄なのかもしれないが。

センターの子どもたちの大部分はムービングウォークで建物と建物のあいだを移動する。わざわざグラウンドを横切るよりラクだし早いからだが、それでもたまに、わけもなく歩きたくなることがあった。今がまさにそうだ。僕は父母面接の後、いつも一人でぼんやりとグラウンドを横切った。

「ジェヌ301」

「はい」

「何点だった？」

「十五点」

泣きの演技はなかなかリアルだったけどね。

「意外に甘い点数だな」

耳元にガーディ、いやパクの低い笑い声が聞こえた。僕は遮断していたホログラムをもう一度宙に表示させた。壁に寄りかかって斜めに立つパクの姿が現れた。僕は固い表情で彼の濃い暗褐色の瞳をにらみつけた。

「そんなになんでもお見通しの人が、嫌がる僕になんで無理矢理ペイントをさせるんですか？」

パクは少し申し訳なさそうな顔をして軽く肩をゆすった。

「仕方がなかったんだ」

指でつんつん天を指すパクが何を言っているか、予想はついた。いくらセンター長とはいえ、パクもやはり上の言うことには耳を貸さなければならない公務員なのだ。ホログラムを消すとプツンとアクセスが途切れた。もちろんパクの気持ちはわかっている。センター長の彼は、誰よりここの子どもを大切にし、愛情を注いでいた。ぶっきらぼうで荒っぽくはあるが、彼ほど子どもに尽くしている人はいないだろう。他のガーディもみんな献身的だった。一人でも多くの子をよりよい親に会わせよう、NCへのレッテルを取りはらってやろうと努力していた。社会で差別されないように、偏見に満ちた視線にさらされることがないようにと願っていた。ありがたかったが、一方では息がつまる気もした。僕は長いため息をついた。

生活館の前に到着した。すぐにドアロックセンサーが僕の顔と虹彩をスキャンする。続いて音声認識ボタンが点灯した。

「ジェヌ、３０１」

ピピッ。音とともにドアが開いた。

「セキュリティ」

中に入ると、自分でも知らないうちに習慣でセキュリティモードにしていた。特殊合金製の鉄のドアが閉まって、真ん中がすーっとガラスのように透明に変わる。セキュリティモード作動中に限り、外から見えない状態で一定の時間、中から外をうかがうことができた。システムドア機能という、新素材を使って開発した技術らしい。ＮＣセンターだけでなく一般家庭でもシステムドアは広く使われていた。僕はちらりとドア越しに外を見た。やはりいつも通りの風景だった。透明だったドアがまたすーっと元に戻った。

長い廊下を通って自分の部屋へ向かった。部屋に足を踏み入れるとすぐに、アキがパッとこちらを向いて駆け寄ってきた。

「兄さん、ペイントした？」

すっかり興奮状態のアキを無視して、僕はどすんとベッドに横になった。

「ブラインド、ダウン。就寝灯」

僕の声にブラインドがするすると降りてきて、就寝灯が点灯した。アキが思いきり不機嫌そうな顔で鼻を鳴らした。

「不公平なんだよな。なんで兄さんの声だけ登録されるの？　こっちはいちいちリモコンを押さなきゃいけないのに。それに、ぼくこんな時間に寝ないよ」

「各部屋の年長者が登録される。知らないのか。寝たくないなら外で遊べ」

「そんなこと言わないでちょっと聞かせてってば。どんな人たちだった？　気に入らなかったの？」

僕は半分ぼんやりした目でアキを見た。アキは十月にセンターに来た。だから「アキ」になった。僕らの名前はすべて、十二か月の英語の月の名前にちなんでいた。

一月にセンターに入った子どもは男ならジェヌ、女ならジェニになった。同じように、六月はジュンとジュニ、七月はジュノとジュリ、十月はアキとアリ、十一月はノアとリサ……。

重要なのは名前の後ろの数字だった。僕と同じ「ジェヌ」は全国にたくさんいるが、３０１は僕ひとりきりだった。アキは５０５番目だった。アキ５０５。こいつはここにきて六か月しか経っていない。

「にいさーん、ねえってば。どうだったの？　ぼくももうすぐできるかなあ？　ペイント」

僕はぼんやりとアキを眺めた。

「お前は親が欲しいのか？」

アキが当然だというように肯いた。

「いいじゃん。社会に出るのもラクになるし」

アキの言葉は事実だった。僕らが親を選んで家族を作ると恩恵が与えられた。もちろん僕らを育てる人にも、それによっていくつかのメリットがあった。

「ジュンと遊んでくる。体育館でキックボードすることにしてるんだ」

「ジュン406か？」

「ううん、ジュン203。なんでジュンがやたら多いんだろうね。女子がいるセンターGでもジュニが多いんだって」

なんでだと思う？　聞き返そうかと思ったがやめておいた。

「気をつけろよ。またバランスを崩して落っこちないように。プロテクターもちゃんと着けて」

「みんなが兄さんのことなんて呼んでるか知ってる？」

「なんて呼んでるんだ？」

僕の言葉に、アキが眉毛をピクピクせさた。

「半ガーディ。兄さん、ちょくちょくガーディみたいな言い方するから」

アキがそそくさと部屋を出ていった。半ガーディ？　ベッドに寝っ転がってぼんやり天井を見つめた。目を閉じた瞬間、わざとらしく笑い声を上げていた男のことが頭に浮かんだ。何かが間違っている気がする。でも何がどう間違っているか、はっきりとはわからなかった。まあ、正解なんてものが果たして存在するのだろうかとも思う。

子どもを欲しがらない人はますます増えていた。出産を奨励するために政府がさまざまな支援策を打ち出したが無駄だった。時間が経つにつれ状況はややこしくなった。政府は結局、新たな道へ踏み出した。

「これからは国が責任を持って子どもを育てます」

単に子育ての手当を支給するという意味ではなかった。文字通り、政府が直接子どもを預かって育てるのだ。実の親がわが子を育てたくないとき、政府がその子どもを引き取って養育するというやり方だった。そんなわけでNCセンターが建設され、僕らは国家の子ども（nation's children）と呼ばれることになった。

手首のマルチウォッチが鳴った。「ジェヌ３０１、相談室へ」。上半身を起こした。空は暮れかかり、夕日に染まる廊下に子どもたちの笑い声が響いていた。ヘルパーが床を掃除しながら通り過ぎた。僕は軽いめまいを感じながら廊下を進んだ。

相談室のドアを開けると、テーブルの向こうにはチェが座っていた。男子が生活するセンターBで唯一の女性ガーディだ。

「さっき面接でコーヒーを飲んだんだよね？　だからココアにしておいたよ」

僕がインタビュールームで何を飲んだかなんて簡単に調べはつくだろう。ヘルパーのデータベースで記録を確認すれば、一目瞭然なんだから。

「どうだった？」

「パクから聞きませんでした？」

答える代わりにチェはうっすらほほえんだ。

「君に直接聞けって。知ってるでしょ、どれだけ口がかたい人か」

ひたすら口がかたいこと。NCのガーディが守るべき重要原則の一つだった。どんな子のことも外部にやたらと露出させてはいけない。NCセンターで暮らすみんなに適用される鉄則その一だ。

「十五点でした。百点満点の」

クスッと笑うあたり、チェもあの二人をあまり気に入っていなかったらしい。

「君がつける点数にしては甘めじゃない？」

こんなふうにみんなに知りつくされているところを見ると、僕がここに長居していることは確からしい。

「ああいう人たちの考えることはわかりやすいですからね。急に借金でもできたのかな」

他人事みたいに言う僕に、チェの顔から笑いが消えた。僕は黙ってココアを一口すすった。ココアはセンターを訪れるプレフォスターの笑顔に似ていた。適度に温かくて、過剰に甘い。

「ジェヌ、必ずしも政府からの恩恵目当てであの人たちがNCに来るわけじゃないよ」

「必ずしもすべての子が親を必要としているわけじゃないのと同じく、ですか」

「君はいい子だし賢い。勉強だって、いくらでも続けられるんだから」

「そのためには親が必要ってことですよね？　でも僕は十七です。この年で見ず知らずの人をお母さん、お父さんって呼びながら暮らせって？」

チェがゆっくりとコーヒーカップを持ち上げたが、途中で、音を立ててテーブルに置いた。ひんやりした静寂が広がった。カップをにらみつけていたチェが低い声で言った。

「それが絶対によくないこと？」

僕はチェの瞳を見つめた。

「十七で親に出会ったらおかしい?」

「ガーディ」

「生まれたとき出会う人だけが親? NCの子はみんな、十三歳から親を探すことができる。それがどういう意味かわかる?」

「僕らが捨てられたって意味でしょ」

肩をすくめると、チェの瞳に冷たい光がよぎった。

「君たちは外の子と違って、親を選べる子どもなんだよ」

「……」

「親になる人間を面接できて。もちろん、十五点の人を親には選びたくはないだろうけど」

チェの言っていることは本当だった。僕らは親になる人を面接できた。面接での印象がよかったり、この人なら大丈夫と思えたりすればさらに二回面接をする。もちろん希望すれば双方合意の上でもっと会えたし、ホログラムのやりとりもできた。そしてNCの中の合宿所で一か月間一緒に暮らしてみる。そこまで無事に終了できて、ようやくNCを退所し、親の家に行くことができた。二十歳になるまではガーディが定期的に訪問して生活ぶりをチェックした。満足度を調査し、子どもの身体的、精神的な状態を調べた。だから、僕らを引き取る親はえんえんと観察され、勉強させられた。僕らが何を好きで、何が嫌いで、困っていることはないか。そうしておけばガーディが訪問してきたとき、適切な答えが口にできるから。

「でもね」

チェが髪を耳にかけた。窓の外が暗くなり照明が自動点灯した。センサーで電気がつき、相談室の室温や湿度も管理されている。

「十五点の親と、仕方なく生きている子どもだっているよ」

チェは誰よりも僕らについて把握していた。一度タップさえすれば情報満載の子どもの記録を閲覧できた。センターへの入所日、身体的な数値、性格と傾向などなど。

でも、僕らはガーディについて深く知ることはできない。名前さえ知らない。彼らは単に苗字だけで存在していたし、それが本名かもはっきりしなかった。彼らはひたすら僕らを守り、観察し、僕らに親を与える「ガーディアン」でしかなかったから。

チェがどんなふうに生きてきてなぜガーディになったのか。僕はさっぱり知らなかった。なんとなく不公平に思ったが、そういう関係に一度も反発はできなかった。

センター全体に夕食の時間を告げるベルが鳴り響いた。冷たく強張っていたチェの顔に、再びやわらかな笑顔が広がった。

「あの人たちのことは実は私もイマイチだった。何を考えているか丸見えだしね。なんでパクがあの人たちに君を推薦して、嫌がる君に無理矢理面接をさせたかわかる？」

ガーディは笑顔だったが僕はとても笑える気分じゃなかった。

「このセンターに、十七歳は数えるほどしかいないからでしょ」

十七歳になる前に、ほとんどの子どもは親と出会ってＮＣを去っていった。それでこそセンターの実績も上がる。彼女がフフッと軽く笑ってカップを持ち上げた。

「純真な子たちを守るためだよ」

補足説明が必要だというように僕が目をしばたたいていると、チェがすぐに言葉を加えた。

「ヘタな子と面接させてみなさい。ただもううれしくて、次の面接をオーケーするよね。あの人君ぐらいにならなきゃ、一目であああいう類いの人を見分けられないと思わない？　あの人たち、断られたから当分はＮＣ出入り禁止だよ。妙に口が軽そうでちょっと心配だけど、誓約書のサインはとったから。なにしろ、実績を上げろっていうプレッシャーが……」

途中でチェがまずいというように下唇を噛んだ。ようやく僕は、パクが言っていた「お疲れだった」という言葉の意味がわかった。確かに、もしアキみたいなやつが面接していたら大喜びで二次面接を承諾していたかもしれない。さすがにパクはベテランガーディだ。

センター長は誰にでもなれるポストではない。

「夕ごはんを食べに行こうか」

「食欲がないんで」

チェにつられて立ち上がりながら僕が言った。

「君、最近ちゃんと食べてないでしょ」

「先月のボディチェックで、上位十パーセントには入りましたけどね」

たくさんの子どもが暮らすセンターだった。誰か一人風邪でもひけば、ウイルスはあっという間に広がる。それを理由に、僕らは毎月ボディチェックを受けなければいけなかった。身長と体重、視力と聴力、血液から体脂肪まで細かく検査された。平均に満たない虚弱体質や平均を上回る肥満児はすぐに食事に制限が加えられ、さらにはトレーニングメニューの指導が入った。センターの外の人の心配とは裏腹に、僕らはセンターの中でよく食べ、よく眠り、よく育っていた。僕らは大切な「国家の子ども」だから。

相談室を出て部屋に戻った。マルチウォッチをつけると、空中にホログラムが浮かんだ。

「スクリーン」

その一言で白い壁に画面が浮かび上がった。モノクロの名画が放映されていた。かつては家ごとに「テレビ」というものが一台ずつあったらしいが、不便じゃなかったんだろうか。こんなふうにマルチウォッチ一つあれば光を当てて浮かび上がらせることができるのに。

「チャンネル変更。五秒間隔」

即座にチャンネルが切りかわっていった。だがほとんどがつまらなくて退屈な番組だったから、すぐにスクリーンを切ってしまった。画面が消え、目の前が白い壁に戻った。僕はベッドにごろりと横になった。

親が育てることを望まない場合、子どもは国が運営するメディカルセンターで出産され、すぐにNCセンターに引き取られた。そういう親が増えるにつれ、当然NCセンターの子どもも増えていった。

設立の段階からNCセンターについては激しい議論が巻き起こっていた。子どもを捨てることを正当化しているとの非難が殺到した。とはいえ出生率が上がらなければ国の存続さえ危うくなるという意見も少なくなく、親に捨てられた子の面倒を見るのは国家の義務であるという賛成の声は、次第に高まっていった。

理念がぶつかり合い、NCをめぐる議論は両端から引っ張ったゴムひものように張りつめ、対立した。もっとも、人々を震撼させたあの事件以降、NCへの否定的な見方はどうしようもなく大きくなったわけで……。

耳元で聞き覚えのある電子音がした。ドアに向かって「セキュリティ」と叫ぶとシステムドア機能が作動し、ドアの中心部がすーっとガラスのように透明になった。

なんだ、ヘルパーか。呼んでもないのに。

「オープン」

ドアが開いてヘルパーが入ってきた。手にサンドイッチと牛乳を載せているのを見て、誰がヘルパーをよこしたか聞かなくてもわかった。胸で光っているボタンを押すと、がらんどうの部屋いっぱいに聞き覚えのある声が流れ出した。

「健康を過信しちゃダメだよ。そのくらいはちゃんと食べなさい」

チェの声に、自分でも知らないうちに小さく吹き出していた。センター長のパクが几帳面な原理原則主義者なら、チェは原則を破らない範囲で最大限子どもたちに融通をきかせる心の余裕があった。気持ちをなだめ、柔軟に仕事を進める。チェならではの能力だった。

ヘルパーが出ていき、僕は大きく一口サンドイッチをかじった。

「食いたくないって言ってるヤツにまで無理矢理食わせてくれるぐらい、面倒見のいいところだけどな」

そのときドアがガラリと開き、顔を上気させたアキが声を張り上げた。

「兄さん！　ぼくもすることになったよ！　ペイント」

おまけに家族までとっととと作ってやろうとする。ごはんが嫌ならサンドイッチでも食え、的に。僕は半分ほど残してサンドイッチを皿に置いた。ごはんを食べたくないのに、サンドイッチだからって喉を通るだろうか。

「あんまり期待しすぎんな」

僕が言うと、アキは、どうして？　という顔で目をぱちくりさせた。

「カッコいい人と美人が来てくれたらいいな。いい声で、僕と一緒にキックボードができる元気な人！　特に料理がうまい人ね。そしたら食べたいものぜーんぶ作ってって言えるし。そのうちホログラムを見せてくれるってガーディが言ってたけど、どんな人たちだろうなー」

僕はベッドにどさりと腰を下ろした。期待でいっぱいのアキを見ているうちに、気がつけば不安になっていた。期待が大きいほど失望も大きいのに。

「腹が出てて顔は皺だらけの人ってこともあるぞ。キックボードどころか歩くのもイヤって人かもしれないし。料理？　いまどき誰が手料理なんかする？　全部買って来て食べるんだよ。それにホログラムを信じちゃダメ。さんざん補正かけてるから」

「何さ、意地悪」

アキが口を尖らせた。僕はにたりと笑って組んだ両手を頭の後ろに回した。一瞬、相談室で見たチェのまなざしを思い出した。いつもと違う、暗くくすんだ感じの目が脳裏から離れなかった。

ほとんどの女性ガーディはファーストセンターやセカンドセンターで子どもの世話に当たり、なかでも女子を所管するセンターGで活動した。ラストセンターは子どもと親の縁組を直接担わなければならない困難で面倒な場所だった。チェはなぜここに来たんだろう。一方で、まさにその困難さのために、チェは全国で最も実績の悪いこのセンターを選んだのかもしれないと思った。難しい公式ほど面白がる数学者とか、道が険しくなるほど両足に力がこもる登山家みたいに。チェはチャレンジ精神の持ち主なんだろうか。

子どもをあまり産まず、産んでも育てる気のない社会だった。政府は、人々がNCセンターの子どもを養子に迎えることを奨励した。やがて一人、二人とNCセンターに関心を向けるようになった。そこそこ言葉が通じてかわいい盛り、五歳ぐらいの小さくて愛くるしい子どもたちが主に望まれた。生後まもない新生児は負担が大きかった。だが、政府からの恩恵ありきで深く考えずに父母面接を申請する者が増えるにつれ、副作用が現れ始めた。ネグレクトをしたり虐待したりする親が現れ、さらに悲惨な出来事も起きた。見かねた政府は、NCの子どもたちの養子縁組可能年齢を引き上げた。嫌なことや間違いを口で言える十三歳以上の子どもにだけ父母面接を可能にしたのだ。もちろん心配の声はあった。

「いやいや、自分のお腹を痛めた子でも思春期になるとうんざりなのに、とっくに大きくなった子を誰が引き取ります？　それにその年までセンターを離れずにいたら、何か問題が起きたり、親なんかいらないと思うようになったりするんじゃないですか？」

しかしその声は当たっていなかった。年齢制限を上げると、むしろより多くの人がNCセンターに関心を寄せるようになった。理由は二つあった。小さい子を育てて苦労せざるを得ない時間が普通より十年以上短縮されたことと、養育手当や年金を前倒しでもらえるという特典。もちろん、養子にしてから五年はトラブルなしで育てなければならなかったし、その後も五年おきに問題がないかのチェックを受ける必要があった。途中で問題を起こせば、親はそれ相応の対価を支払わされた。北朝鮮と韓国の交流が増えて事実上の終戦宣言が出されて以降、国防費に充てられていた予算の一部が国民の福祉や出生率安定の資金となった。その最初が、まさに国家の死活を賭けたプロジェクト、すなわちNCセンターの設立だった。

NCで生活できる年齢は十九歳までだった。その後はセンターを出て自立しなければならない。だが、NC出身者を差別し、冷遇する空気は社会からそう簡単にはなくならなかった。人々はNC出身者を線引きすることで特権意識を感じていた。実の親のもとで育った人間にとって、NC出身者は決して自分と同じではなかった。ちょうど人に似せて作られたヘルパーがそうだったように、NC出身者に向けられた嫌悪は空気のごとく広がっていた。つまり、あの事件が起きてから……。

「兄さんは」

不意にアキが言った。

「親を見つけたくないの？」

答える代わりにちらっとアキを見た。親だって？　引っくり返ったチェス盤みたいに頭がとっちらかった。もちろん、親が見つかればいいことは増えるだろう。機械のシリアルナンバーみたいにうんざりするくらいついて回る数字に代わって、外の世界の子どもたちと同様普通の名前が持てる。センターを出てどこでも好きな場所に行けるようになる。センターの中の学校じゃなく一般の学校で、新しい学校生活を送ることもできる。何より、自分一人の部屋が手に入る。

「どうだろう。自分が売り飛ばされる感じかな」

だとしてもすべてが虚飾に思えた。親というのは、僕を通じて手に入れることになる各種の特典や保障制度にばかり涎《よだれ》を垂らしている人間に見えた。ホログラムを見た瞬間ビビッときた？　いっそ猫がわんわんと鳴くほうがはるかにリアルってもんだ。

「歩み寄るんだとは思えないの？」

アキはこめかみのあたりをぽりぽりかきながらそうつぶやいた。照れくさいときは決まって出る、アキだけの癖だった。いつか現れるかもしれないアキの親もいずれ知るだろう。こいつの習慣や癖、性格や食べ物の好き嫌いまで。アキが言う通り、お互いがちゃんと歩み寄れれば。ふとチェの言葉が頭をよぎった。

「十五点の親と、仕方なく生きている子どもだっているよ」

僕がもしNCセンターで育っていなかったら、外の世界の子どもだったら、僕に選択権はなかったはずだ。十五点、いや五点の親でもその親のもとで暮らすしかなかったろう。アキが言うみたいに互いに歩み寄るなんて言葉の上だけのことかもしれない。

「ぼくね、ぼくらの親選びって結婚に似ているって思ってるんだ」

結婚？　僕はアキを怪訝な目で眺めた。

「結婚ってそういうもんだよね？　他人だった二人が、契約を結んで、一つの家で暮らすこと。お互いに歩み寄っていくんだから最初のうちはケンカだってするだろうけどさ、時間が経つうちに慣れるでしょ？　そうじゃなかったら別れればいいんだし。親子の関係も、そうなんじゃないかなあ」

ぽつりぽつりと自分の考えを口にするとき、アキはとても大人びた表情になった。さーて、親を選ぶことと結婚は果たして似ているだろうか。

「いや。親を選ぶことと結婚は違う」

なんで、という表情でアキが瞬きをした。うーん……。僕は目を閉じて口をつぐんだ。

突然雑音みたいにいろんな考えが押し寄せて、頭がくらくらした。

……犯人は十二人を殺害した。十年あまり前、もはや人々の記憶から薄れつつある出来事だった。ラストセンターに来たばかりの十三歳のとき、僕は偶然当時のニュース映像を見た。人々を震撼させたインタビュー。映像は大々的に全国に報道された。モザイク処理すらされていない稀代の殺人者の顔。彼は、自分を捨てた実の親を恨み、長いこと犯行計画を温めていたと明かした。捕まっていなければ殺人を止めなかっただろうという恐ろしい告白まであった。彼の発言はメディアを通じて広がり、またたくまに世間を揺さぶった。彼はNCの出身だったのだ。物騒な話は炎のように一瞬で燃え広がり、根拠のない怪談が事実のように喧伝され、油のように煮えたぎった。

それを鎮火するため、政府はNCの子どもたちのIDカードからNC出身である記録を削除する法律を用意した。新たな親と養子縁組が成立すると、即刻IDカードからNC出身者という記録が魔法のように消えた。子どもたちは、親を見つけるほうが将来生きていく上で得だと思うようになった。

養子を迎えたい側とNCの子どもたちを人知れず橋渡しして家族にする。それこそがNCセンターの中心的な役割であり目的だった。もちろん、誰でも親になれるわけではなかった。養父母候補（prefoster parents）、略してプレフォスターと呼ばれる人々は、面倒な書類審査や健康診断、心理テストを義務付けられた。何よりも父母面接（parent's interview）という重要な関門が待ちうけていた。NCの子どもたちは父母面接を、英語の発音が似ている「ペイント」という隠語で呼んでいた。子どもたちにとって「ペイントしにいく」という言葉は父母面接をしにいくという意味だった。誰が最初にその言葉を使い始めたのかはわからない。ある日突然生まれた言葉なのかもしれない。NC出身だという事実を絵の具で塗りつぶしてしまいたかったのだろうか。あるいは、自分の未来を希望の色で塗りこめたかったのだろうか。それぞれに違う色で互いを染めあうプロセスこそ、父母面接だった。色がまざって前より輝くこともあれば濁ることもあった。

プレフォスターとNCの子どもが出会って家族になるケースが増え始めると、表立った問題は一つずつ解消されていった。NCの子どもたちは音も立てずにおいもさせず、だんだんと自然に社会に浸透していき、差別は目に見えて減っていった。

ペイントが終了するまでは子どもたちの身上保護のため、政府がNCセンターを管理監督した。生活のほとんどがセンターの中で完結できるよう学校も設立された。年に二回の団体旅行に出かける以外、子どもたちがセンターの外に出ることは皆無に近い。十九歳になり、自分の足でセンターを出ていかなければならなくなるまでは。

「俺たちとプレフォスターには、一番大事なものがないだろ?」

僕はじっとアキを見つめた。よけいな口出しかとは思ったが、言いかけた以上、多少残酷に聞こえてもはっきり伝えておくべきだろう。それが純粋なこいつのためだろうし。

「愛だよ」

愛という一言にアキの黒い瞳が揺らいだ。心の弱いヤツだから、こういう言葉にも簡単にしょげる。だが知っておいたほうがいいだろ? 良薬口に苦しって言葉もあるし。

「じゃあ、僕らの実の親には、愛はあったの?」

今度はアキではなく僕が瞳を揺らす番だった。

「キックボードしてたとき、ジュン203に聞いてみたんだ」

「……」

「なんで六月にNCセンターに来る子が多いのかって。もしかしたらジュンは知ってるかと思って」

「で?」

アキは力なくうなだれた。こんなことなら僕が答えてやればよかった。アキの性格上、ジュンをからかうつもりで聞いたわけじゃないだろう。本当に疑問で、なんの悪気もなく尋ねたのだ。

八月には長い夏休みがあった。繰り返されるハードな日常から逃れ、山や海、島、海外へと旅立った人々は、まばゆい風景のなか自由に酔いしれた。翌年の六月に子どもが生まれた。ジュン、ジュニが多い理由だった。

「それがね、兄さん。ジュン、なんて言ったと思う？」

「……」

「あの子がいたセカンドセンターには、アキも多かったんだって」

クリスマスが頭に浮かんだ。わざと明るい笑顔を浮かべているアキに、胸の隅がうずく気がした。だがそんなことを明らかにして意味があるだろうか。しょせん僕らは捨てられたのに。

「ぼくね、もしいい親に会ったら、本当によくしてあげたいんだ。父母《オボイナル》の日もちゃんとやって、二人の結婚記念日とか誕生日にも必ずプレゼントとお花をあげるの」

「……」

「兄さん、ぼく、愛も作っていくものだと思うよ」

アキは僕が思う以上に温かい心の持ち主だった。僕が知っているよりはるかに賢く、深く考えていた。完敗だ。僕は、アキのかたちのいい頭を撫でながら笑った。

「お前はきっと、いい親に会えるさ」

こいつに、本当にいいプレフォスターが現れますように。アキは明るくて天真爛漫だ。見ているだけで自然に口元が緩んでしまうヤツだから。

「だけどさ、兄さん」

「ん？」

「いつだったかチェが言ってたんだよ。ペイントするときはちぢこまっちゃダメだよって。でも、緊張しそうだ」

チェの言っていることは正しい。親を選ぶ権限は全面的に僕らの側にあった。いくら相手が大人とはいえ、恐れたり顔色をうかがったりする必要はない。嫌ならいつでも「ノー」と言うのは僕らの権利であり義務だった。

ペイントから脱落した外部の人間は、ＮＣについての情報漏洩禁止条項が入った誓約書を書かされた。詳しいことは知らないが、これまでセンターで大きな問題が起きていないところを見ると、それによる何らかの補償制度があるらしい。

「どんな人たちだろう。気になるなあ」

「ホログラムでも見てから言え。ホログラム見ただけでガクッときて……」

「兄さん、ホント意地悪すぎるっ」

アキがかんかんに怒って両頬を膨らませた。大きなお世話かもしれないが浮かれているのが心配だった。十四歳のときの自分を見ている気分というか。期待が大きいほど失望も大きいという言葉が、どうしても浮かんできてしまった。

「摩擦は、物体と物体の接触面に働く力であり、常に運動方向とは逆向きに生じる。何してる、ジェヌ！　画面をタップもしないで」

ぼんやり窓の外を見ていた僕は、科学の先生に視線を向けた。

「301をなんで省くんですか」

やる気のない返事に先生が眉をひそめた。

「ここでジェヌはお前だけだ。わざわざ番号まで呼ぶ必要ないだろ？」

「301のほうが自分の名前っぽいんですけどね」

先生はもういいというように手を振った。「摩擦の原理」をタップすると画面に赤いボックスが現れた。授業はだらだらと進んでいく。僕は教室に座る子どもたちを見回した。NCで十七歳は事実上最年長だった。ほとんどが十五歳あたりですぐにペイントに成功し、センターを出ていくから。遅くとも十六歳までには。十七歳でセンターに残っている子どもは数えるほどしかいなかった。僕は首を回してノアを見た。正確にはノア208を。

センターから引き取った子どもとの縁組解消は簡単なことではない。政府の支援金を吐き出さなければならないだけでなく、罰金まで払わされるらしいから。ノアは十五歳でセンターを離れ、半年で自分から戻ってきていた。

「宗教を無理強いするんだよ。メシのたびにお祈りさせられるのは我慢できる。花の週末に一日中礼拝堂にいなきゃならないのも、最前列に座らされてこっそり居眠りもできずに説教を聞かされるのも。でも、やりたくない奉仕活動をなんでさせようとするんだ？　よく言えば〈隣人〉だろうが、生まれて初めて会う見知らぬ人に、オレごときが奉仕？　それだけはムリだ。オレ、そんな立派じゃないから。何度かケンカになって、あるとき愛想が尽きた。結局、NCに戻ってきたのさ。実際、それ以外は全部よかったけどね……。とにかく、とんだ嘘つきだよな。面接のときは、宗教なんて気にしなくていいって言ってたくせに」

センターに出戻った子どもはノアだけではない。いざ親に選んでみると予想外に権威的だとか、思いやりがないとか、とにかくあまりに居心地が悪いと、子どもたちは迷うことなく戻ってきた。センターにいる十七歳は一度くらい養子縁組したことがあったり、あるいは養子縁組直前まで進んだりしたヤツらが大半だった。去年、ある十六歳が三番目の里親のもとへ旅立った。今までなんの音沙汰もないところを見ると、三番目の親とはなんとかうまくやっているらしい。もし親が気に入らなければチェンジできると知っていたら、いや、親を選択することができるなら、果たして外の世界の子どもはどう言うだろう？

授業終了のシグナルが鳴った。今日はここまで、という先生の言葉に、子どもたちが一人二人と伸びをした。僕は端末に授業内容を保存して席を立った。モニターが机の中に自動で降りていく。いまだに旧式モニターで授業を受けなければならないなんて、これもこのセンターの実績が悪いせいか。本部ににらまれている、それも結構なにらまれ方らしかった。

「ジェヌ、オマエも後でVRルームに来るだろ？」

ノアが聞いてきた。今日はVRルームが使える月曜だった。

「もちろん」

僕の言葉に、ヤツはかったるそうな顔であくびをした。

「あのさ、外の世界で一番何がよかったかわかる？　まさにVRルームに思う存分行けることだよ。決まった曜日以外行けないこととは完全に違うね。オレ、親はいいから、自由にVRルームに通うためにまた養子になりたい」

外の世界にごまんとあるVRルームが、NCにはいくつもなかった。おかげで年齢別に決まった曜日しか出入りできなかった。ゲームの種類もまた限定されていた。暴力的だったり煽情的だったりするゲームはできなかった。外の世界にあるのに見物すらできないゲームが、ここでは数えきれないほどだった。

ノアが突然吹き出した。

なんだよ？　表情で問いかけると、ヤツがクククッと笑いながら言葉を続けた。

「はじめのうちは、家でできるだけ親ともめないようがんばってたわけよ。だけど、合宿所で一か月一緒に暮らしたのとはレベルが違いすぎてさ。まずはNCセンターみたいに長い廊下がない家ってのが居心地悪かった。広告でしか見たことのないミニサイズのヘルパーが忙しそうに走り回って、センターでは嗅いだことのない一般家庭特有のにおいがした。窓の外にいつも見えてたホログラムの森もないし。山があんなに遠いなんて、落ち着かなかったね」

経験はないが、ノアの言っていることが何を意味しているかは十分わかる気がした。

「でさ、何が笑えるかわかる？」

「……」

「実の親に育てられてるヤツらも同じだったこと」

どういう意味だ？　目で尋ねるとノアが苦笑いを浮かべた。

「一般の学校に行ったら、そこのヤツらも、できるだけ親ともめないように気をつかって暮らしてるんだよ」

ノアはちょっと考えこむと、ぽつんと言った。

「ウザい、だったかな」

「ウザい？」

聞き返すとノアが肯いた。

「そう言ってるのを聞いて、ちょっとムカッときた」

「どうして？」

宙を見ていたノアの目が、ゆっくりと僕に向けられた。

「幸せいっぱいのヤツらだよ。産んで、育ててくれて、面倒見てくれる親がウザい？　ひどい連中さ、まったく。そういうこと。でもさ、一方でこうも思った」

「……」

「コイツらの親も、コイツらのことウザがってるんじゃないか？　コイツらにイラついて、キレてるんじゃないかって？　オレは絶対、原因のない結果って、ないって思ってるから」

頭の中はいつもゲームのことでいっぱいかと思っていたが、深く考えることもあるんだな。そう。ノアの言う通り、この世に原因のない結果はない。お前がなんでこんな真似をと相手を恨む前に、相手をそうさせた本当の原因が何かを考えることが先決じゃないか。だが、そういう因果関係を頭に置いている人間は多くないらしい。

「いやあ、お外に行って立派な悟りを開かれましたなァ」

からから僕の口調にも、ノアは当然だという表情でにたりと片方の口角を上げる。

「そしたら応用しろ、頼むから。カッとする前に後に続く結果を先に考えろ」

「おい、カッとしやすいこと自体は結果なの。オレがこういうカッときやすい性格に生まれたことが原因なわけ」

すぐカッとする性格をそんなふうに解釈するとは。いつも自分に都合よく考えるヤツらしい。それがノアの長所であり短所なのだ。

授業が終わり、子どもたちは三々五々VRルームに向かった。後に続いてのろのろと移動した。VRルームに着くとドアロックセンサーが子どもたちの顔と虹彩をスキャンした。ゲーム開始前に両目に特殊レンズを装着する。うんざりな現実を逃れ、幻想的な仮想世界に足を踏み入れる期待に、みんな浮かれた表情で笑いあっている。

「一緒にやるか?」

入りながらノアが言った。

「いや、今日は一人でやりたい」

あっそ。ノアは大したリアクションもなく自分の部屋へ入っていった。僕は隣の部屋のドアを開けた。四方がすべて緑に塗られたVRルームが現れた。

「ジェヌ301、外部接続、遮断」

部屋の照明が落ち「ジェヌ301、接続、完了」のアナウンスが流れた。外部との接続が遮断され、ここは僕一人の空間になった。他のヤツらと一緒にやるのは面倒だし嫌だった。しばらくして聞き覚えのあるBGMとともに緑の森が目の前に広がった。前回保存しておいたゲームが再生された。違うゲームにするか迷ったが、そのまま続けることにした。

「グラディウス」

その一言で頭上から光が降り注ぎ、僕の体は放浪する中世の騎士になった。握ったホログラムの剣が重く感じられた。前進するにつれ、森はだんだん開けていった。床がランニングマシーンのように動いているらしい。立ち止まると同時に床も停止した。VRルームのセンサーはプレイヤーのささいな動きの一つ一つまで見逃さなかった。

頭の上を翼が生えた大きなドラゴンが飛んでいった。はるか彼方には霧に閉ざされた城も見える。果たして今日はあの城を征服できるだろうか？　僕が手にしている剣と薄っぺらい鎧では無理だろう。武器と鎧の性能を上げたければより多くの敵を殺してゴールドコインを集めなければならないが、他の連中と違って僕は命懸けでは戦わない。適当に数人の敵を相手にし、小さなドラゴンを一匹始末するぐらいでいつも終了してしまっていた。いくら仮想現実とはいえ、戦うと体力的な限界が来た。もうすぐ草むらから矢が飛んできて、やがて敵が姿を現すはずだ。僕は緊張し、剣を握る手に力がこもった。その瞬間、木の陰から矢が飛んできて耳元をかすめた。毎回経験しているのに心臓が飛び跳ねた。このリアルな感じをあじわいたくてVRゲームをしてるわけだが。

「何者だ！」

矢を放ったヤツがとうとう目の前に登場だ。胸に十字の模様をつけているところを見ると、城を守る一番下っ端の兵士らしい。

「身分を明かせ」

僕は、答える代わりに肩をすくめて見せた。放浪の騎士に身分などなかった。人はよく出自を問題にする。原産地の確かなものを買って食べるみたいに、人間についても誰から生産されたかに大きな関心を寄せる。僕のルーツがわからないことが、それほど大きな問題なのだろうか？　僕はただの僕だ。もちろん、僕を産み落とした生物学的な親は存在するだろうが、その人を知らないからといって、その人に育てられなかったからといって、不完全な人間だとは思わなかった。僕は誰よりも僕を知っているから。自分がどんな人間かを止確に理解しているほうが、自分の親が誰かを知っているよりはるかに価値があることなんじゃないのか？　なぜ人はNC出身者を目障りに思うのだろう？　生物学的な親が誰かわかり、その人たちと暮らしているというのは特権意識を感じるほど大したことなのか？　それほど大切なのに、毎日毎日いがみ合って暮らしているのか？

「身分など、ない」

僕は剣を握りしめ、敵に向かって駆けだした。

やっぱり、中世の騎士はしんどい。体を激しく動かさなければならないゲームのせいか、終わるとぐったりだった。それでも一勝負したらストレス解消になった。次は体力的に楽なスナイパーゲームあたりにするか。

シャワーを浴びて部屋に戻ると、壁に投影されたスクリーンを見ていたアキがこちらに顔を向けた。

「ガーディからマルチウォッチに連絡が来てたよ。センター棟の事務所に来いって」

「どのガーディ？」

「センター長」

アキは丸っこい目を再びスクリーンに戻した。遅い時間に事務所に呼び出される理由は一つしか思いつかなかった。生活態度や授業態度がよろしくないというのならマルチウォッチで簡単に警告すればいいはずだ。僕はタオルで濡れた頭を拭くとパッとドアを開けた。

「兄さん、照明を就寝モードに変えていってよ」

「自分でリモコン使え」

「机の上にあるから言ってるんだよ。性格悪いなあ」

僕はポケットに手を突っ込んだままとぼとぼと廊下を歩いた。子どもたちのグループとすれ違うとき、後ろから低い声のやりとりが聞こえてきた。

「こないだ一緒に見た映画の男の主人公の名前、よくない？　なんか考えてる名前ってある？」

「ずっとジュノ408って呼ばれてきたから、他の名前で呼ばれるのは変な感じだな」

「その名前でずっと呼ばれたってちっともうれしくないだろ」

苦笑いの声が廊下の端に消えた。僕は重い足取りで一階に降り、ムービングウォークに乗った。センターで育つ子どもの大半は規律と統制に慣れっこだった。自分でできることはなんでも自分でした。アラームで起き、決められた時間に食事をし、成績や体調も自分で管理した。列を作る、順番を待つ、決められた時間でゲームをするといった規則が、VRルームで着るホログラムの鎧みたいに僕らの体を覆っていた。そういう習慣が悪いことだとは思わない。ひょっとするとNCで生活している僕らこそ、社会で最も必要な人間かもしれない。もし僕が平凡な家庭で生まれ育っていたらどうだったろう？ やっぱりそこにはそこの雰囲気があるはずだ。俗にいう「家風」ってやつ。NCとは比べものにならないくらい自由なところもあるだろうが、ここよりずっと抑圧的な家庭もあるはず。いつかチェが言っていた、十五点の親が仕切っている家ならそうかも。ある意味、一般家庭もNCの縮小版じゃないか。NCの子どもたちが規律と統制に慣れっこなように、できることを自分で解決しているように、一般家庭の子どもも、やはりその家なりの規律と法則にしたがって行動してるんじゃないか。周りの環境に合わせて体の色を変えるカメレオンみたいに。

ムービングウォークが止まった。ドアが開き、僕は事務室へと進んだ。

「入りなさい」

パクは間違いなく僕が来るのをシステムドア越しに見ていたはずだ。僕はぺこりと頭を下げた。僕を見るパクの口元に、かすかな笑みが浮かんだ。

「アキ505も面接が決まった」

もちろん、その話をするためにこんな遅い時間に呼び出したわけではないだろう。

「本当にいい人であってほしいです。ガーディも知ってるでしょうけど、あいつは……」

「君たちみんなにいい親を紹介するのが、私たちの務めだ」

いかにもガーディらしい発言だった。前置きはここまで、ということか。

「そしたら実績も上がりますしね」

実績のためだけでないことは当然よくわかっている。聞くところによると、センターの中には一人当たり一日二、三回のペースでペイントをさせるところもあるらしい。一人でも早く成功にこぎつけてこそ実績が上がるから。それにくらべたらうちのセンターはペイントの機会が多くないほうだ。おそらく、誰かれかまわず紹介はしたくないというセンター長の意向のおかげだろう。

「お茶でも一杯、どうだ?」

僕は首を横に振った。ボタンに伸ばしたパクの手が行き場を失った。彼はゆっくり僕の顔に目を向けた。ひねた態度を見せたぐらいでは簡単に動じない。ガーディにはこちらの気持ちがほぐれるまで静かに待つ余裕があった。彼の言う「お茶一杯」は、いきりたった心をなだめる意味だったのだろう。そう。実績うんぬんというのは言い過ぎだった。

「すいません」

「間違いではないさ」

僕が気まずい笑いを浮かべると、パクは指先でコツコツとテーブルを叩いた。

「話が出たついでに、少し腹を割って話そうか。君の言う通り、実績は大事だ。このNCセンターは全国で一番実績が悪いことで有名だからな。本部から指示が来た。プレフォスターのための審査のハードルを少し下げろと。だからといって誰でもやって来られるというわけではないが……」

パクの顔は青白く、強張っていた。彼がボタンを押すと、テーブルの真ん中にぼんやりとした光の柱が現れ、やがてホログラムが像を結んだ。僕は、ホログラムに浮かぶ二人の小さな姿を見つめた。三十代初めの若い夫婦だった。

「ですね、うん！　正直言って、子どもを好きって思ったことはないんです。ちょっと個人的な事情があって。でも、話が通じるくらい大きい子なら、また違うんじゃないですか？　問題が起きても、話し合いで十分解決できるでしょうし。違うかな？　もっと意見の対立がひどくなる？　どう思う？」

女の言葉が終わると、今度は男が照れくさそうに頭をかいた。

「話し合いって言葉がいいよね。命令じゃなくて、話し合い。うちのオヤジもそういうふうに考える人間なら……」

「今はあんたの話をしてる場合じゃないでしょ」

女が男を横目でにらみつけ、また正面を向いた。二人ともこの状況が気まずく、戸惑っているようだった。

「あたしたちみたいなのでもよければ……」

彼女は肩をすくめるようにして言った。

「その、父母面接ってやつ、……一回、できますか?」

「でもさ、俺たち、本当にこういう方法しか……」

「いいの、うっさいなあ」

パッ。音とともに目の前のホログラムが消えた。僕は半分呆然とした顔で少し前までホログラムが現れていたテーブルを眺めた。はるか昔、空から降ってくる雪に初めて出くわしたアフリカの人々はこんな気分だったのだろうか? 今、自分は何を見たんだろうという感じだった。僕は、気まずそうにコツコツ指でテーブルを叩いているパクを見た。

「すまん」

「……」

「その……」

「今の人たちとペイントを、つまり、父母面接をしろってことですか？」

パクが拳を握った。心底申し訳なく思っているらしい。パクが感情をこんなに表に出すのは、申し訳ないのを通り越して、こみ上げる怒りを抑え込んでいるという意味だ。

「他の子どもだったら傷つくかもしれない。いや、わかっている。ジェヌ。君だってもちろん……」

「します。進めてください」

僕を見つめるパクの暗褐色の瞳が不安げに揺れた。

「まったく、君になんと言えば……」

「いえ。ガーディのためにするわけじゃないですよ」

「……」

「あの人たちのことが本当に気に入ったんです」

二人と直接会ってみたくなった。気がつけば両頬が緩んでいるあたり、自分の心に嘘をついているというわけでもないらしい。パクはなんとも言えない表情だった。確かに、驚くのも無理はないだろう。僕がこんなに積極的に意志を表明したことは一度もなかったから。

「今まで会ったプレフォスターの中で一番気に入りました」

パクは理解できないというように首を振った。

「君は、本当に思慮深い子どもだ」

「思慮深い」が褒め言葉のときもあれば、そうでない場合もある。ただのつまらない気まぐれだと言われなくてよかった。もちろん、ときにはつまらない気まぐれが世界を変えるケースもあるだろうが。

「私は君に、差別されない世の中を生きていってほしい」

「社会って、原産地表示がハッキリしているものが好きですもんね」

これしきの冗談に顔を曇らせるとはな。とりあえずパクのユーモア感覚のレベルは頭に入れておいてやらないと。彼は僕が十七歳だってことを忘れているようだった。この程度の冗談で心が疼《うず》く年じゃないのに。

「君は、もう少し慎重に自分の生き方を考えたほうがいい」

パクがどういう意味で言っているのかはわかった。しかし、僕がガーディの一面しか知らないように、彼だってそうなのだ。

「僕くらい自分の生き方に慎重な人間って、いないと思いますよ」

「……」

「だから、十七になるまでNCを離れられないんでしょ」

僕の視線が彼の手の甲に浮き上がった青い血管をとらえた。あの中を温かい血が流れているのだろう。冷たい顔つきからは想像しにくいけど。それにしても、パクはどんな親のもとで成長したんだろう？　どんな環境で生活していたんだろう？　どれほど徹底した親に育てられれば、あんなふうに針一本通る隙もないくらい厳格な原理原則主義者になるんだろう？

「十五点の親と一緒に暮らすのと、ＮＣの烙印を押されて生きるのと。果たしてどちらがマシですかね」

僕はククッと声を出して笑った。数日前にチェが言っていたことを思い出したからだった。

「悪くないと思ってるんですよ」

自嘲まじりの僕の言葉に、パクは顔いっぱいにクエスチョンマークを浮かべた。

「少なくとも、僕には親を選ぶ権利があるじゃないですか」

「……」

「世の中には、そういう選択権がない子どももいますよね」

僕が立ち上がると、イスがガラガラと後ろに下がった。

「できるだけ早く進めてください」

ぺこりと頭を下げて挨拶し、ドアに向かって回れ右をした。

「そんな子どもの一人が、私だったんだな」

振り返ってもう一度パクを見た。彼の青白い顔と尖った顎の線、高い鼻筋ときつく閉じた唇が今日に限って寒々しかった。濃い暗褐色の瞳に、どこか孤独で寂しげな光が宿っていた。パクは深い海霧の向こうに存在する島のような人だ。ヴェールに包まれ、それ以上は決して見せてくれない人。

「それってどういう意味……」

「面接が決まったらすぐに連絡する」

パクが言葉を遮った。失言したみたいに目に当惑の色が浮かんでいた。また霧の中に身を隠してしまったか。パクが僕をよく知っているように、僕も少しは彼を知っている。質問したところで答えてくれる人じゃなかった。そろそろ話題を変えたほうがよさそうだ。

「仕事は休み休みしてください。無茶苦茶疲れて見えますよ」

「心配無用だ。自分の体のことは誰よりも自分がよくわかっているからな」

「いえ、ガーディはわかってません。わかったフリをしてるだけですよね」

「……」

「こないだみたいに倒れて、運ばれないでくださいよ」

彼はワーカホリックだった。センターを訪れるプレフォスターの身分や職業はもちろん、家族関係、趣味、健康記録など、本部から受け取った資料を一つ一つ検討した上で、事実かどうか再度すべてを確認した。とりあえず書類選考を通過すれば、今度は最も似合いの子どもを決め、ガーディたちを招集して会議を開いた。プレフォスターから送られてきたホログラムを分析し、子どもに見せるかどうかを最終決定するのもやはり彼の仕事だった。それだけじゃない。子どもたちの困りごとや健康管理にも実に細かく気を配っていた。そんなわけで当の自分の健康はいつも後回しだった。厳格には見えるが背だけが妙に高く、枝みたいにひょろひょろの体格。来年あたり腕相撲で勝てる自信があった。いや、ひょっとしたら今でも可能なんじゃないか？　虚弱体質が判明した子どもの食習慣を調査する途中で彼が倒れたという事実に、僕らはみな驚くと同時に吹き出した。

「健康を過信しちゃダメらしいですよ」

「誰が言った？」

「チェ」

「当たってはいるが、チェが一番心配しているのは君らのことだよ」

僕は、違いますというようにゆっくりと首を横に振った。

「チュが心配してるのは……」

パクが濃い暗褐色の目でじっと僕を見つめていた。

「センター全員のことです。僕らとガーディ、そしてセンター長のことも」

僕はパクににっこりと笑って見せた。

いったいどんなヤツ紹介されたんだよ？

ペイント、すなわち父母面接を受けにセンターへやってきた人は、判で押したように顔を笑顔の花で満開にしていた。私たちは本当に君を愛している、いい親になる準備はできている、最高の家庭をプレゼントしよう、そう全身で訴えていた。ときには感情に酔って泣き出す人もいた。今ごろになって子どものいる人生を夢見ているんだ。ホログラムの画面からすぐにでも飛び出してきそうだった。

ホログラムの中では男性であれ女性であれみな一張羅《いっちょうら》を着ていた。肌はツヤツヤ輝いて皺一つない。もちろん補正の力だ。ホログラムの中で、人々はやさしげで、感じがよくて、親切そうで、愛にあふれていた。僕には、彼らがホログラムを作るためにどれほど精魂傾けたか予想がついた。言いよどんだり噛んだりしたらそのたびに撮り直したのだろう。何回かペイントをしているうち、ホログラムを見ただけでだいたいどんな人かわかった。それが良いことか悪いことかはわからないが。

「それはそれとして一度直接会ってみたらどうだ」ガーディの言葉に「今でもがっくりなのに、もっと完璧にがっかりさせたいんですか?」と僕はよく首を横に振っていた。

感情表現が大げさであればあるほど、ホログラムからは彼らの本音がはっきりと透けて見えた。

「面倒くさくない性格の、おとなしくていい子を一人引き取って、早いうちに政府の支援金をもらい、とっとと結婚をさせて年金もしっかり受け取りたい」

そんな簡単な話を、人はくどくどとやたら退屈に並べたてた。ごちゃごちゃ言うほうも大変だろうが、聞いている側だってうんざりなのは同じことだった。

「うん! 正直言って、子どもを好きって思ったことはないんです。ちょっと個人的な事情があって。でも、話が通じるくらい大きい子なら、また違うんじゃないですか?」

ホログラムの中の女は普段着だった。きつく束ねた髪に化粧っ気のない顔、楽なジャージ姿だった。中腰で立っている男もやはり似たような感じだった。作業の途中で抜け出してきたみたいに染料のシミがあちこちについた黒いエプロンをしていたから、絵を描いている人らしい。そういう人特有の自由な感じがするというか。とにかく、ホログラムで見たプレフォスターの中で、彼らほど何も気にしていない恰好は初めてだった。あれほど正直に言ってのけるのも、やはり初めてだった。

父母面接を受けたいと言いながら子どもが好きだと思ったことがないとは。それに、個人的な事情って何だ？　カネの問題だろ。二人は補正されていないホログラムのように言葉や行動に遠慮がなかった。センターを訪れる大部分のプレフォスターが政府の恩恵目当てなのと結局は同じだろうが、しいて言えば必死になって真実をごまかすか、正直に打ち明けるかの違いだった。

実績へのプレッシャーがなければ、パクは決してこのプレフォスターに面接の機会を与えなかったはずだ。彼がどれほど悩んだかは十分想像できた。これほど何も飾らないプレフォスターを見てペイントをしたくなるヤツはいないだろうし、仮にいたとしても傷つくだけで終わるだろうから。アキならすっかりがっくりきたかもしれない。なのに僕は二人に惹かれた。あんな面白い人間が現実に現れるなんて、まったく想像もしていなかった。

「アキ、もうスクリーンを消せ」

アキが驚いてぶるるっと体を震わせた。僕を見て言葉にならない問いを発した。「どうしてわかったの？」答える代わりに僕はフッと笑った。アキがスクリーンを消した。

「がっかりしたのか？」

僕の質問に、アキが天井を見上げた。

「ホログラムを見たら、すごく親切そうな人たちの感じだった」

事務室から戻ってきてからアキはずっと物思いにふけっていた。親になろうと言ってくる人を見てきたら、どうにも妙な気分になる。期待に沿う相手ではなくてがっかりすることもある。はっきり言ってそっちのほうがはるかに多いのが問題だが。とにかく、ペイントを終えて生活館に戻ってくるときは、胸に石ころがつまったみたいに重苦しい気分になった。

「伝えたのか？　ペイントしますって」

アキがこくりと肯いた。

「いいんだぞ。気乗りしないなら今からでも取り消せ」

気が変わった場合、一週間以内なら取消申請ができた。他のセンターでは三日だと聞いたが、僕らには一週間ほど時間が与えられていた。それもまたパクの働きかけだろう。

しばらく考えこんでいたアキが、澄んだ目で言葉を続けた。

「兄さん、あの人たちお金持ちなんだって」

壁にもたれていた僕は姿勢を正した。

「パクが言ったのか？」

プレフォスターの身元を細かくチェックしているパクの言葉なら信用できるはずだった。

NCにめったに金持ちが来ないことは周知の事実だった。彼らには政府の恩恵など必要なかった。だから、そういう人がNCを訪れたのだとすれば、それは心底子どもを望んでいるという意味かもしれない。

アキは弱々しく肯いた。

「なのに何をしょげてるんだ？　できるだけ早く日程を入れてくれって伝えろ。お前、まさか〈かっこいいパパ、素敵なママ〉みたいな寝言を言うつもりじゃないだろうな」

「そうじゃないけど……」

アキが言葉尻を濁すと僕を横目で見た。

「ちょっと年をとった人たちだったんだよね」

「どれくらい？」

「ほとんど、おじいさんとおばあさん。息子さんが一人いるんだけど、外国に住んでるんだって」

アキの口から、十四歳のものとは思えないほど重いため息が流れた。

「ぼく、取り消そうかな？」

「なんで？　年寄りだから？　知ってるか？　若いプレフォスターよりずっと……」

アヤがいやいやをするように首を振った。

「知ってるよ。あの人たちはせいぜい六十代なの。二人ともすごく元気そうだった。おじいさんの趣味は釣りと料理だって。おばあさんは旅行」

「おい、じゃあお前の期待通りの親じゃないか。それに、誰がいまどき六十代をじいさんばあさん扱いする？　おまけに子育てした経験まであれば……」

アキにぴったりの相手だと思った。やはりガーディはアキのことをよくわかっている。いや、ここの子どもみんなのことをよくわかっている。誰がどんな親を希望しているか、どんな人がその子にふさわしいか知りつくしていた。そういうセンターの長ならよけい大変だろう。ふとそんなことを思った。

「ぼくの代わりに……兄さんが、あの人たちと会ってみる？」

アキの言葉に胸がぎくりとした。さっきまでの深刻そうな表情の理由は……。

「あの人たちなら、兄さんが売り飛ばされる気分にはならないと思うんだ。兄さんがその気なら……」

「アキ」

「兄さん、三年しか残ってないじゃん。ううん、正確には二年と数か月だよ」

「だから？」

アキの瞳が暴雨の中の小枝のように揺れた。

「兄さんにゆずってもいいかって、ガーディに聞いてみた」

熱した鉄の塊を飲みこんだように喉が熱くなった。こいつは僕が考える以上に思いやりが深い。それと、バカみたいにお人よしだ。

「パクは、なんて?」

もしそれでもいいと答えたなら今日から一切のペイントを拒否しようと思った。そんないいかげんなやり方で親を持つぐらいなら、いっそ今すぐセンターを出て、一生NC出身のレッテルを貼られて生きるほうがマシだった。

「実はね、はじめ兄さんのことを考えたんだって。だけどぼくにしたんだって。この人たちに一番愛される子どもは、やっぱりぼくだろうって」

アキがぽつりぽつりと言った。

その言葉にパクの顔が浮かんだ。再び心が鎮まった。アキは弱くて心優しいヤツだ。誰よりも愛情に飢えている子どもだ。アキには無条件に愛を注いでくれる親が必要だ。二人なら、アキを絶対にかわいがってくれるだろう。

「それからこう付け加えたんだよ。もし兄さんに先に紹介したとしても……」

「……」

「兄さんはぼくを推薦しただろうって」

誰かに見抜かれている、という気分が気持ちのいいことばかりとは限らない。でも、場合によっては感謝したくなるときもある。僕をよく知りながら、そんな素振りは一切表に出さずに見守ってくれている姿がそうだ。人は他人を簡単に断定し、簡単に決めつける。自分の知っている相手がすべてだと思いこむエラーをしでかす。そのうちの何人が本当に相手を理解しているだろう。自分の気持ちだって理解できてないのに。

「そこまで聞いて、何を悩んでるんだ？」

僕はアキの頭をからかうようにくしゃくしゃにした。ひょっとしたらアキと同じ部屋で生活する日も残り少ないのかもしれない。大人がよく言う「一抹の寂しさ」ってのはこういう感じか。

「よかったな。いいプレフォスターに会えて」

「もう。まだ一次面接もしてないのに。わかんないよ？　ぼくが気に入らないかも。ぼくのホログラム見てがっかりするかもしれないじゃん。じかに会ったらもっとがっかりするかもしれないし」

「お前はしょうもない心配ばっかするんだな」

アキは気づいていない。自分がどれほどかわいらしく愛らしいか。見ているだけで気持ちがスッキリする、爽快感でいっぱいの清涼飲料水みたいだということを。

「つけたい名前とか、考えておけ」

「後でお父さん、お母さんになる人と一緒に相談する。その人たちにも、呼びたい名前があるかもしれないしね」

アキがえへへ、と笑った。こういう純粋なヤツを誰が嫌うもんか。アキは親にたっぷり愛されて、もっと広い世界で幸せに暮らすんだ。

「でもさ、兄さん」

「ん？」

「兄さんの話が出たとき、パクが暗い顔してた。きっとまた、とにかくペイントなんて大嫌い、みたいなことを言ったんでしょ？　みんな、兄さんにいい親を見つけてあげようと思ってがんばってくれてるんだよ」

僕は両手を上げて頭の上で組み、長い伸びをした。そういえば、いい話はアキにだけあったわけではなかった。

「パクは言ってなかった？」

何を？　聞き返すようにアキが目をぱちくりさせた。

「俺もするんだよ、ペイント」

「ウソ？　いつ？」

「できるだけ早く日程を入れてくれって言ってきた」

アキが驚いたように大声で質問した。

「本当に？　兄さん、よほどのことがなければしないじゃん！」

僕はアキに向かってニヤリと笑って見せた。

「久しぶりに、気に入った相手と会えたんでね」

ひょっとしたら初めてと言えるかもしれない。これほどペイントをしてみたいと思った相手は……。

「ヘンだなあ」

アキが疑うような目で僕を上から下までじろじろ眺めた。

「なのに、なんでパクの顔はあんなに暗かったんだろう？」

NCの子どもたちは勘がよかった。表情や目つき一つから簡単に相手の気持ちを読みとった。アキのように純粋な子どもでもそうなのだから、人は環境によって作られるのだろうか。いや。ノアみたいなヤツもいることを考えると違うか。

「パクがニコニコ笑ってるとこ、見たことあるか」

アキが首を横に振った。

「パクは毎日毎日深刻にしてる人間なんだよ」

「そっか。鼻血もよく出すしね」

また？　驚く僕にアキは、大したことじゃないというふうに肩を一度すくめて見せた。確かに、昼も夜もなく仕事にかかりきりだから、不健康な体では持たないだろう。

「だけど兄さん。パクって何歳かなあ？」

アキが言った。僕はしばらく考えた。正確な年齢はわかりようもないが、見たところ三十代半ばくらいじゃないかと思った。

「三十四とか五ぐらいじゃないか」

「結婚は？」

「してると思うか？　センターを家にしてる人間だぞ？」

保健室の当直医の先生とパクを除いて、他の職員はみな通勤していた。ガーディたちにとってセンターは自宅のような場所ではあるが、週末は最少人員以外みな帰宅した。その最少人員からパクが外れたことは今までに一度もなかった。パクは、週末もセンターに残って子どもたちとともに生活する唯一のセンター長かもしれない。

「パクの親はすごく心配してるだろうね。息子がいつも仕事ばっかりに夢中でさ」

そうかもしれないし、違うかもしれない。僕らはパクの年齢どころか、家族構成がどうなっているかも知らないんだから。

「考えたんだけどね、兄さん」

アキがちらっと僕の顔色をうかがって言った。

「パクが兄さんのお父さんなら、すごくお似合いだと思う」

パクはあくまでもガーディアンとして魅力的な人物だった。万が一パクに子どもがいたら、むしろあまりに忙しすぎて冷たい父親になるんじゃないだろうか。

「好きなこと言ってろ」

コツン。頭を小突くとアキが横目で僕をにらんだ。


授業が終わるや否や子どもたちが一斉にボタンを押してモニターを降ろした。窓の外では木立が風にそよぎ、木漏れ日を散らしていた。運動場に植えられた木はホログラムではなく本物だった。窓の向こうに見える森が偽物なだけで、木々の枝に止まり羽づくろいをしている鳥も本物の生命体だった。ぼんやり窓の外を眺めていると誰かに肩をとんと叩かれた。顔を向けると、ノアが笑顔で机の隅に腰を下ろしていた。

「VRルームに思う存分行けるよりいいことがあったかって？　もちろん、女子に会えることだよ。一般の学校ってほとんどが男女共学だからな。センターBはどんよりしてるよ。男ばっかしかいないじゃないか」

センターに戻ってしばらく、ノアはぐだぐだと外の世界の話ばかりしていた。それなら適当に折り合いをつけて暮らしていればよかったものを、なんでまた戻ってきたんだか。

僕は、なんの用だ、という顔でノアを見た。

「オマエ、センター長となんかあった？」

こいつが僕のスケジュールをこまごまと把握しているはずはなかった。ガーディたちは、誰にいつ面接スケジュールがあるか伏せていたから。もっともあまり意味はなかった。僕らは仲間内で、いつどんな相手とペイントをするか、結果はどうだったか、しょっちゅうざっくばらんに話していた。とはいえ僕のペイントのことはまだアキしか知らない。アキの性格上ぺちゃくちゃ言いふらしたりはしていないだろう。いったいコイツはどうやって知ったんだ？　いや、よく考えてみると、ノアが聞いているのは、パクと僕のあいだに何か問題が起きたのか、という意味だった。

「なんの話だ？」

僕はノアの顔をじっと見つめた。こういうときは先に口を割らないのが賢いやり方だ。

ノアがさして関心なさそうに頭をかいた。

「昨日、パクとチェがケンカしてるときにオマエの名前が出ててさ」

「ケンカ？」

「ケンカっていうよりなんていうか、チェが一方的に、ダダダダッて」

手でくちばしを作って口を動かす。チェが一方的に浴びせ倒していたって意味か？　でも待てよ、二人がケンカしたのをこいつがなんで知ってるんだ？　僕らの行動半径といえば学校と生活館と講堂がすべてだ。ガーディたちはだいたいセンター棟に勤務していた。もちろん、相談申請があるときや子どもたちの秩序を保つためしょっちゅう生活館に出入りはしていたが、彼らの主な活動範囲はやはりセンター棟だった。それに子どもたちがいる生活館で二人が衝突するなんてありえない。他の人間ならともかくセンター長が？　ノアの前で声を荒らげた？

「二人がケンカしたことを、お前がどうして知ってんだ？」

ノアがこめかみを掻きながら妙な笑いを浮かべた。

「VRルームでゲームしてて、一緒にやってたヤツともめたんだけどさ。運悪く規律担当のガーディのファンにバレて、反省文を書かされたんだよ。それも手書きで。あっ、オマエ、リモースルームの場所が変わったって知ってた？　もとは体育館の横にあったろ。それを全部つぶして体育館を拡張するために、センター棟に移されてた」

リモースルーム（remorse room）は懺悔《ざんげ》と反省のための部屋だ。生活館で規則を破ったり問題を起こしたり暴力をふるったりした場合、マルチウォッチを没収されてリモースルームで反省文を書かされた。体育館拡張でリモースルームをセンター棟に移転するという告知は、なんとなく目にした覚えがあった。

続けろ。目で言うとノアはまたしゃべり出した。

「ファンはペンと紙一枚をよこすとさっさと出てっちゃってさ。書くこともないのに、まして手で何を書けってんだ。そしたら急に外が騒がしいんだよ。後で知ったんだけど、リモースルームってセンター長の執務室をリフォームしてたんだ。センター長が休憩するために簡易ベッドを置いてた脇のスペース、あったろ？　あそこに壁を作ってドアをつけてた」

「執務室？」

ノアが肯いた。ああ、結局そうなったのか。子どもたちの体育施設を増やす代わりに、自分の休息のための空間をなくす。パクらしい選択に違いない。

「で、どうした？」

どうもこうもないよ。ノアは片方の口の端を上げてニヤッと笑った。センターのセキュリティシステムはガーディの声を音声認識して作動していた。ガーディの声が鍵でありボタンだった。だが、たまに起きるトラブルの防止のためリモコンも置かれていた。反省文を書いていたノアの目に入ったのがまさにそのリモコンだった。どういうわけかテーブルの隅にでんとリモコンが置いてあった。ノアはすぐにリモコンをひっつかんだ。セキュリティボタンを押すと、リモートスルームのドアがすーっとガラス状になった。システムドア機能だ。ドア越しに執務室が丸見えになった。パクとチェ。二人はノアがドアの向こうにいることに気づいていなかった。ノアはごくりと唾を飲んだ。一分に一回、リモコンでセキュリティボタンを押す準備をしながら。

「そんなに原則に忠実な方が、会議にもかけずにジェヌ301に勝手にホログラムを見せるなんてありえますか？　なぜ基準を満たさないプレフォスターに面接の機会を与えるんです？」

「声を抑えてください」

「いつまでジェヌばかりを犠牲の羊《スケープゴート》にするおつもりですか？　あの子が傷つくとは思わないんですね。ジェヌには時間がないんです。そんなとんでもない面接はよけい心を閉ざすだけです。そんなに実績が大事ですか？　子どもたちを、資格も満たしていないプレフォスターに放りだすくらい、実績に困ってるんですか？」

興奮するにつれ声が高くなるチェとは違い、パクはいつも通りひたすら冷静だった。

「あの子が希望したんです」

「誰よりもジェヌのことを心配されていると思ってました。そうじゃなかったんですね」

チェを見つめるパクの両目に、寂しげな光が差した。

「ジェヌは賢い子です」

「表に出さないからって、痛みを感じてないわけじゃないですよ。私が言いたいこと……」

「……」

「何より、センター長がよくご存じじゃないですか」

さっと身をひるがえして事務室を出ていくチェを見送って、パクはどさりとイスに身を沈めた。

「おい、オレの話、聞いてる？　いったいオマエ、パクにどんなヤツ紹介されたんだよ？」

響き渡るノアの声にハッと我に返った。どう考えても、僕がした選択のせいでパクが困った事態になっているらしい。他でもないチェがセンター長を誤解しているというのは、僕としてもあまり愉快なことではなかった。

「大した話じゃない」

ノアは不思議そうに首をかしげた。

「だけどチェはさ。かなりパクのことが嫌いらしいな。オレたちにはこの上なく寛大なのにパクにだけは特に冷たいだろ？　こないだだって食堂で。オマエも見たろ？」

僕を含む数人の子どもたちがガーディの隣のテーブルで食事をしていた日だった。パクがスプーンを置くと、向かいにいたチェが半分ほど食べ物の残った彼のトレイをちらりと見た。パクの視線は、つまらなそうにごはん粒を数えている虚弱体質の子どもに向けられていた。

「ボディチェックで身長と体重が平均未満だった子どもの健康食のメニューですが、もう一度検討し直す必要がありそうですね。まったく子どもの口に合っていないらしい。学習の習熟度や父母面接の準備も大切ですが、何より健康を最優先にしないといけません。センターで生活する子どもは、外部の汚染された環境下に置かれると簡単に免疫力が落ちる恐れがあります。季節の変わり目ですからね。子どもたちの健康管理には特に注意をお願いします」

おとなしく返事をする他のガーディとは違って、チェはふふふと笑いをもらした。なんで笑うんです？　尋ねるセンター長に、チェは彼のトレイを指さした。

「そういうことをおっしゃる資格、まったくないんじゃないですか？」

がたがたと音を立ててイスを引くと、チェは席を立って食堂を出ていった。困惑ぎみのパクの視線がしばらくチェの後ろ姿に注がれていた。

「ほら、あのときだってチェが一発くらわしたろ。違うか？　おそらく顔には出していないけど、センター長は機会をうかがってると思うな。いくらカタブツのパクだって、ことあるごとにああ難癖つけられたら一回ぐらいはまともにキレるだろ？」

ああいうのは難癖といえば難癖だが、別な見方をすれば関心があるってことじゃないのか？　チェが僕らに寛大なのは保護されるべき未成年者だからで、彼女はまさにその保護者の役割だからだった。しかし、チェにとってパクは一緒に仕事をする同僚であり上司だ。いくら彼がセンター長だとはいえ、性格からいってもチェは言うべきことを言わずに黙って顔色ばかりうかがっている人間ではない。

「で、お前はなんでいつもVRルームに行くとみんなとケンカするんだ？」

僕もコイツとゲームをしていて言い争いになったことがあった。ゲームでも手段を選ばないヤツなのだ。

「アイツ、空気が読めなさすぎなんだよ。こっちが先頭に出たら後ろは自分で責任持たないと。こっちがアイツのレベルアップのために一緒にやってるとでも思ってんのかな」

くすくす笑う僕に、ノアが怪訝な顔をした。

「先にやろうって言ったのはどっちなんだ？」

「まあ、先に一緒にゲームしようって誘ったのは、オレだけど」

「原因を作ったのはお前だってわけか？」

言い終わるや否やノアは眉をひそめた。

「マジで一言いうたび揚げ足をとるんだな」

「その原因だってやっぱり……」

勘弁してくれという顔でノアが立ち上がった。休み時間が終わり、授業開始を知らせるベルが鳴った。机につっぷしていた子どもたちが一人、二人と身を起こした。ボタンを押すと、机の上にゆっくりとモニターが上がってきた。僕はマルチウォッチで「NCセンター」のウィンドウを開き、「相談申請」をタップした。ガーディの中からチェを選び、相談時間を入力した。

「相談可能」

すぐにチェからのメッセージが光った。僕はマルチウォッチをオフにした。

ヘルパーがテーブルの上にコーヒーカップを二つ置いた。チェがイスを近くに寄せて座った。窓の外は夕焼けだった。ドア越しに、ヘルパーが廊下を掃除している音がする。家庭用ヘルパーはほとんど無音らしいが、NCのヘルパーは大きくて作りが雑だからモーターもかなりの音がした。チェは静かにコーヒーカップを持ち上げて僕のほうをちらっと見た。狭い相談室いっぱいにコーヒーの濃い香りが立ち込めていた。

「ちょうど一度呼ぼうと思ってたんだ」

彼女はほほえんでカップを置いた。僕は白くて丸いテーブルを無言で見下ろしていた。決してとりあえず相談申請はしたものの、何からどう切り出したらいいか混乱していた。決してパクが悪いんじゃないと言いたかったが、なかなか言葉が出なかった。二人は、センターの誰ひとり自分たちが言い争いをしたことを知らないと思っているはずだから。ひょっとしてチェは、本当にパクが実績目当てで僕にひどいペイントを無理強いしたと思っているのだろうか？　頼むからチェにはパクを誤解してほしくない。彼としてもどうしようもなかったんだ。本部からひっきりなしにプレッシャーをかけられるなか、センター長として彼ができることは多くないはずだから。僕の前で拳を握りしめるくらい、ああやって感情を表に出すくらい、パクは僕に申し訳なく思っていた。そんな必要ないのに。パクの本心がわかっただけで……。

「僕がもうすぐ父母面接を受ける話、聞いてますよね？」

チェは肯くとコーヒーカップに目を落とした。

「人って、どうして子どもを産まないんですかね？」

思いがけない質問だったらしく、チェが呆気にとられる表情になった。

ほろ苦いコーヒーを一口飲んだだけで、胃がちくちくした。答えにくい質問だろうが、答えがないわけでもない。

「すごく昔、牛が田んぼや畑を耕して、人間がじかに農作物を収穫していた社会では、本当にたくさんの子どもが生まれていたそうです。多産は人間の希望だったって。どうしてでしょう？」

質問の意図を探るように、チェは静かに耳を傾けている。

「当時はまさに子どもが労働力だったから。職業選択の自由も限られていた頃ですし。一言でいえば、ヘルパーみたいな存在がたくさん必要だったたって時代ですよね」

女の子は母親を手伝ってきょうだいの世話をし、家事をした。男の子は田んぼや畑、森や野原に出かけて与えられた役目をこなした。家族が多いほど広い土地を耕作することができた。生産を増やし富を蓄えるには、できるだけ多くの子どもが必要だった。ところがあるとき、また世界が引っくり返った。

「学校の教育でいろんな知識を習得する時代になって、それでお金が稼げるようになった。そしたらみんな、子どもは一人か二人にして、その子たちを優秀に育てようと考えた。それまでたくさんいた子どもには投資する余裕がなかったけど、子どもが減って、投資できる資源も増えたんでしょう」

出産を奨励しなければならない「人口絶壁」時代が訪れたのだ。

「たまに思うんです。遺伝子が無視できないとすれば……僕を産んだ親も、僕と似た性格なんだろうなって。子どもを産んですぐ、その人たちは僕が自分たちの人生にどんな影響を及ぼすか、じっくり考えた。それで結局、いらないって判断したんでしょう。もちろん、あくまでも僕の想像でしかありません。その二人は向かい合って相談するほど親しい仲じゃなかったかもしれませんし。僕という存在を、きれいさっぱり忘れ去ったんだと思います。僕のほうは、棘みたいに尖った性格を受け継いで。とにかく、そんな親のもとで育っていたら……僕の人生も結構ラクじゃなかったでしょうね」

言葉にしてみると心のどこかにぽっかり穴が開いたみたいな気がして、僕は自分でも知らないうちにフッと笑いをもらしていた。だろうな。愛嬌のかけらもないハリネズミみたいな息子と暮らすのは、さぞやつまらないだろう。

チェは何も言わずに僕の言葉を咀嚼しているらしかった。何を話すつもり？　そんな表情で聞いていた。

「子どもは、親の都合で生じる存在らしいです」

「……」

「自分たちの都合で僕らを訪ねてくる、プレフォスターみたいに」

「でもジェヌ、親というのは、必ずしも自分たちの都合だけで……」

「愛とかって話ですか？」

僕は顔を上げ、チェの黒い瞳を見つめた。

「たとえばどんな愛ですか？」

チェが動揺したように唾を飲みこんだ。

「心から君のためを思って、大切にしようとする」

「それって、全部お前のためだって言いながらする、愛情めかした抑圧とか支配のことですか？」

それがどんなものかはっきりとはわからなかった。もちろんＮＣでも厳しい規律や支配があった。だが規則を破らなければ、他人に被害を与えたり暴力をふるったりしなければ、ここのガーディは僕らが何をしようが自由にさせていた。

「実はお前じゃなくて自分のためだって、正直に打ち明けてくれるほうがマシじゃないですか？」

チェはあいづちも打たずにひたすら聞いていた。

「どんな親を選びたいかって聞かれたら、僕は自分の気持ちに正直な親だって答えます。それらしく取り繕った人は勘弁だ。だから、今回の父母面接はよけいしたかったんです。僕と合う人かもしれないじゃないですか？」

「センター長は、君をすごく心配している」

そしてあなたはパクをすごく心配してますよね。そう言おうと思ってやめた。良心が咎めるから、僕はべらべらしゃべっているのかもしれなかった。

「心配と同じくらい、信じてもいるし」

「……」

「その理由が、ようやく少しわかった気がしたよ」

部屋を出ると、ヘルパーとすれ違った。センターには全部で何人のヘルパーがいるんだろう？　何台のヘルパー、と言うべきか？　外の世界に住む人々は、僕らを果たして「何人」と思うのだろうか？　それとも「何個」と思うのだろうか？　つまらないことを気にしすぎか。ヘルパーは機能も種類もさまざまだった。人は、自分にぴったりのヘルパーを選ぼうと努力する。言ってみればここ、センターの子どもたちの親選びと同じように。だが果たして、完璧にぴったりなんてものが見つかるのだろうか？

ムービングウォークを降りると、廊下に立っているパクが見えた。これまで彼が廊下まで出迎えにきたことはなかった。いつもインタビュールームでプレフォスターたちと一緒に僕を待っていた。なんだって廊下まで出てうろついてるんだろう？　僕はそばに歩み寄った。

「ジェヌ301」

僕は返事をする代わりに肯いた。

「今から私が言うことをよく聞きなさい」

いつもと違って緊張を漂わせるパクに、僕はごくりと唾を飲みこんだ。

「面接のとき、私が一番強く言っていることはなんだ？」

「プレフォスターに対する礼儀です」

ガーディはいつも相手への礼儀と配慮を強調した。プレフォスターが気に入らなくても、あるいはがっかりさせられても、目の前では絶対に素振りを見せてはならないのがペイントの第一原則だった。答えは慎重に、一問一答式の誠意のない話し方は禁止。逆に聞かれてもいないことをぺらぺら話すのも禁止。いくら相手が気に入っても、次の日程は必ずガーディに先に伝えること。直接一対一で面接の日程を決めることも禁じられていた。

頭の中で一つ一つ規則を思い浮かべていると、パクが長いため息をついた。

「ジェヌ」

僕はパクの暗褐色の瞳を覗きこんだ。

「今日は、礼儀正しくしなくていい」

「……」

「話の途中で嫌だと思ったら、そのまま部屋を出てかまわない。答えるのが嫌だったら答えなくていい。責任は私がとる。言っている意味がわかるな?」

いい親に会おうと思えば、まずはいい子になる必要があった。成績が優秀なことより、気立てがよくて正直という印象のほうが重要視された。ガーディたちが最も警戒するのは無礼と暴力だ。人に危害を加える行動はそのままにしておかなかった。自分のことしか考えない利己的な態度も警告の対象だった。他人と家族になるつもりなら、それだけ人を気づかい、理解する心を育てなければならなかった。おかげで、NCの子どもたちは誰ひとり、面接を申し込んできたプレフォスターに露骨に不快感を示すことはなかった。徹底して顔から好き嫌いの気配を消さなければならないから。ここを訪れるプレフォスターが僕らに過剰な笑顔を見せるように、僕らもまた人懐っこく親切な姿を見せなければいけなかった。だがインタビュー終了後は正直な評価を求められた。子どもが失望を示した場合、丁重に、礼儀正しくプレフォスターに拒否を伝えるのはすべてガーディアンの役目だった。万が一今日僕がペイントの途中で席を蹴って飛び出せば、規則を破ってプレフォスターを不愉快にさせれば、その出来事は即刻本部に伝わるはずだ。面接はリアルタイムで記録されているから。もし本部が問題視すれば、センター長のパクは子どもたちを教育できていないと懲戒処分を受けるかもしれない。

「ジェヌ、答えろ」

「わかりました」

彼は肯き、白く指の長い手を僕の肩に置いた。

ドアが開いて最初に目に飛び込んできた人物はチェだった。これまで二人のガーディがペイントに同席したことはないのに。僕の視線が、ホログラムで見た男女に行き当たった。

「こんにちは」

ぺこりと頭を下げる僕に、二人も軽く目礼した。

「あ、こんちは」

ぎこちなく笑う男はボサボサの頭に破れたジーンズ姿だった。スニーカーは古びて汚れ、体からは絵の具の鼻につくにおいがした。並んで立っている女も、やはりついさっき家を出てきたような、ホログラムで見たフリーなスタイルそのままだった。化粧っ気のない顔に一本にきつく結んだ髪、首回りが伸びたTシャツ、半ズボンにスニーカーというのも同じだった。正装して精一杯めかしこんでくる人とばかり会ってきたから、こんなに自由な魂の持ち主と向き合うのは新鮮だった。パクの言っていたことが頭をよぎった。礼儀のない相手には必ずしも礼儀を守る必要はないという言葉。だが、彼らに無礼な感じは見つからなかった。

「あたしはソ・ハナ。こっちはイ・ヘオルム」

女が先に名乗った。

「ジュヌ301です」

僕が答えると、二人はちらりと顔を見合わせた。女は再び僕のほうを向くと、名前の意味を尋ねるような目をした。なんだこの人たち、NCについて何も知らないで来たのか？

その瞬間こめかみに冷たい視線を感じ、僕はパクのほうを見た。

〈言う必要はない〉

パクのまなざしを読みとってから、僕は二人にほほえんだ。

「一月にセンターに入所したって意味です。ジャニュアリー（January）のスペルの最初のところをとって、男子はジェヌ、女子はジェニになるんです。数字は僕の固有番号です」

「俺らのＩＤカードの番号みたいなもん？」

「だね」

ほとんど独り言に近い男の言葉に女が返した。

君たちは数字で呼ばれてるんだ。人は誰もが憐れむような表情を浮かべて見せた。数字で管理されているのは自分たちも同じくせに。これまで、３０１という数字を自分たちのＩＤカードの番号と結びつけたのはこの二人しかいなかった。

で、何をどうしたらいいんでしょうという目で女がチェを見た。

「まずはお座りください」

チェの言葉に、二人はこわごわと腰を下ろした。僕がイスを引いて座ろうとすると、すぐに隣にチェがやってきた。今日僕の隣を守る人は、いつもと同じパクではなかった。パクは男女に視線を固定したまま、インタビュールームの片隅で直立している。僕ははじめて、パクがチェを隣に座らせた意味を理解した。

〈ダメだと思ったら、面接を中断してください〉

どんな場合も冷静さを失わないパクだったが、考えてみると、冷静さより判断の早さがはるかに重要な場面がある。この場がそうなら、隣に座る適任者は、自分の感情に正直で考え方が柔軟なチェのほうだから。

「お飲み物は……？」

なんにする？　尋ねるような男のまなざしに、女がもじもじした。男はジュースと炭酸飲料を頼み、僕に何を飲むかとは聞かなかった。チェはため息をつくように二人をかわるがわる眺めた。すぐにヘルパーがやってきて、テーブルの上に順番通りジュース、炭酸飲料、コーヒー、そして最後に氷の入った水を置いた。氷水はチェが頼んだものだった。

「あのヘルパーカッコいいね。すごいデカい」

「ああいうのっていくらするのかな？　高いよね？」

ヘルパーがいなくなった後も、二人はしばらくヘルパーロボットの話に夢中だった。向かい側に座っている僕のことはまったく目に入っていないらしかった。チェがコホンコホンと咳払いをしておしゃべりはそろそろ、とシグナルを送ると、女がヤバっという表情で笑顔を作った。

「すいません。ええっと、何から話せばいいんですかね？」

無理矢理引き上げられていたチェの口元がかすかにわなないた。この人たち、父母面接のことわかってる？　研修受けなかった？　自分たちがどういう人間か、子どもに説明するべきでしょうが。

チェは目から冷たいビームを発していたが、なんとか笑顔を作って口を開いた。

「簡単でかまいませんので、お二人のご紹介をお願いします。なぜNCに来られたのか、その背景も聞かせていただければ」

二人は再び視線をからませた。この人たち、本当になんの準備もなくここに来たんだ。その頃になると僕も、パクがすまながっていること、チェがパクにキレていたことに合点がいった。

「あたしは、ある出版社でエディターの仕事をしてたんだよね。ヘオルムはグラフィックデザイナーとして働いていて。マルチウォッチ一つあればどこでもスクリーンが見られる今みたいな時代でも、あいかわらず紙の本を読む人が少数だけどいてね。本を貴重な芸術品としてコレクションする人もいるし。そういう人のための仕事をしてた」

「あんとき古典の芸術品シリーズの企画、やってたらよかったよな。ハナが最後まで反対するからさ」

　男が残念そうに舌打ちをした。

「流行を追っかけるのが嫌だったんだってば」

　女が横目でにらんだ。

「誰が追っかけようって言ったよ。俺らは俺らだけの……」

「やだよ。ウケるってなった瞬間、わあって二番煎じを狙うのは」

「二番煎じでみんなもうけたろ」

　二人があぁだこうだと言い始め、チェがコホンコホンと咳払いをした。どうやら今日、チェはかなりコホンコホンやることになりそうだった。女がヤバっという顔で男の腕をぺちんと叩いた。

「でもね、あたしたち二人とも、一年前に仕事を辞めたんだ」

「どうしてですか？」

　僕の質問に、男が照れくさそうに頭をかいた。

「ハナは自分で文章を書くため、俺は自分の絵を描きたくてね」

「無謀でしょ、二人とも辞めるなんて」

　女が話を引き取ると、男が仏頂面でつぶやいた。

「俺は、オヤジがあんなに怒るとは思わなかったな」

「それで、どうしてNCに来たんですか？」

僕が聞くと、チェのグラスでカランと氷がぶつかる音がした。女がちらりと様子をうかがい、男も慌てた表情を隠せずにいた。

「NCの子どもを養子にしたら……」

「初回面接は簡単な挨拶を交わすだけの席です。顔合わせだけで終わることが多いんですよ。今日はやはりここまでにしましょう。回答は次回の面接で、じっくりうかがったほうがよさそうですし。もう少し、慎重にお考えいただいてから」

チェが断固とした口調でそう言うと立ち上がった。こんなふうに初回面接が中断されたことはなかった。とにかく短かった。名残惜しいという目で僕はチェを見つめた。二人ががたがたとイスを引き、インタビュールームに妙に気まずい空気が漂っていた。

「こちらが準備不足すぎましたよね？　必要書類の準備もバタバタだったし、ホログラムも焦って送ってたんで、まったく期待してなかったんです。ただ、なんていうか、実は準備するあいだずっと、自分の母親のことを思い出しちゃって……。あたしが自分の母親と面接してたらどう思ったんだろうなって考えたら、あまりよく眠れませんでした。そっちもでしょ？」

「俺は、母さんはいいんだ。問題はオヤジなんだよな」

男が同調する。

「とにかく、会えてうれしかったよ、ジェヌ301」

女は僕に手を差し出さなかった。最初の出会いで身体接触は禁止、という規則を熟知しているからではなさそうだった。単に僕を気まずくさせるのではないかと思ってそうしているらしかった。

「俺もうれしかった。ここって、他の人が思ってるみたいにヘンなところじゃないっぽいね。想像してたよりずっとカッコいいよ」

「さようなら」

僕が挨拶を言い終わるとすぐに後ろのドアが開き、二人を案内するヘルパーが現れた。ドアが閉まるや否や、チェがテーブルに置かれていた氷水をごくごくと飲み干した。

「あんないいかげんな人たちがこれからも……」

チェがぎゅっと下唇を噛んでいた。パクもまた固い表情だった。

「お疲れだった」

「次の面接は、いつにします?」

それほど驚く質問でもないだろうに、二人はどちらも凍りついていた。

「なんで聞かないんですか？　点数」

「……」

「八十五点ですかね」

「ジェヌ、悪いけど冗談を言える気分じゃないのよ」

「僕が点数で冗談を言ったこと、あります？」

「ジェヌ」

チェが、それは違うというように言葉を挟んだ。

「次の面接予定を入れてください。じゃ、ありがとうございました」

僕は二人に挨拶をするとインタビュールームを後にした。後ろから聞こえてくるチェの声にはあえて聞こえないふりをし、急いでムービングウォークに乗った。ふと、ガーディ抜きであのプレフォスターたちと散歩をしてみたいと思った。ガーディに打ち明けたらなんて言われるだろう？　不思議なことにちょくちょく笑いがもれた。

マルチウォッチでゲームをしていると、ドアの向こうでベルが鳴った。

「誰か来たみたい」

アキの言葉に、僕は「セキュリティ」と声を上げた。ドアがガラスのように透明になった。

「あ、ガーディだ」

アキが叫んだ。

「オープン」

ドアが開き、パクがうっすらほほえみながら部屋に入ってきた。

センターのすべてを監督するガーディは、たまになんの前触れもなく生活館に現れた。子どもたちと話したり問題点を把握したりするためだと言っていたが、でもこんな遅くにやってくるのは珍しい。僕はマルチウォッチをオフにしてベッドから体を起こした。ぺこりと頭を下げるアキに、パクが一歩近づいた。

「アキ505、来週、初回面接が決まった。詳しい日程は明日知らせるからな」

ときめきでいっぱいの表情で、アキが両目を輝かせた。

「どうしよう。すごく震えてきました」

「震えるってなんだそれ」

「ぼくが震えるって言ってるんだからいいでしょ、なんで兄さんがわあわあ言うわけ？」

ぶうぶう言うアキの頭をパクがやさしく撫でた。

「緊張しなくていい。いい人たちだ。気を楽にしていなさい」

初めてのプレフォスターが親になるというのは、パクの明るい笑顔を目撃するのと同じくらいめったにないことだろうが、でもまったくありえない話ではない。パクだって人間だ。ごくたまには笑いもするだろう。だから、最初のプレフォスターがアキの親になるという幸運を期待してもいいのではないだろうか。

「それを言いに、わざわざ?」

アキがパクの顔色をうかがいながら、それとなく言葉を濁した。

「ついでに、君らがどう生活しているかを見ようと思ってな」

パクが狭い部屋の中を見回した。ベッドに机、タンスですべての部屋だった。他のヤツらは好きなスターの写真を貼ったりもしているらしいが、僕らはそういうことに関心がなかった。掃除や洗濯は全部ヘルパーの役目だから、部屋はきれいを通り越して物寂しかった。

部屋を見回していたガーディの視線が、机の上に置かれた一冊の古い本の前で止まった。

「なんの本だ?」

パクは机に近づくと僕が読んでいた本を手にとった。数日前に図書館から借りてきたものだった。ほとんどの子どもは電子書籍を読んでいたが、僕はよく図書館から紙の本を借りていた。古い本のにおいが好きだった。手で一枚一枚ページをめくるのも悪くなかった。

ぱらぱらとページがめくれる音、紙の本だけが持つ独特のにおいまで。いくら技術が発展したとしても、紙の本は永遠になくならないと思う。

「『征服者アーロン』って小説です」

パクの瞳に好奇心がよぎった。

「猿の群れに、アーロンっていう強いオスがいたんです。アーロンはボスを始末して自分が王になります。ボスの座について最初にしたのが、前のボスの子どもたちを群れから追いやって殺すことでした。アーロンは怖かったんでしょうね。いつか子どもたちが自分みたいに立派なオスに成長して、攻撃しに来るかもしれないから。それからどうなると思います?」

パクは答える代わりに肩をすくめた。

「数年後、アーロンから命からがら逃れて群れを離れ、ひとりで暮らしていたダンカンが、同じやり方でアーロンを始末するんです。で、アーロンがしたみたいに前のボスの子どもを追い出して殺す」

僕は苦笑いを浮かべた。

「もちろん、そのときも生き残った子猿はいます。エドガーっていう名前の、小さくて弱いオスです」

パクが肯く。

「ダンカンはボスになってからもずっと不安ですよね？　たとえエドガーが小さくて弱い子猿だとしても」

「……」

いくら力ずくで権力を奪ったとしても、前のボスの子どもを追いやって弱い相手を踏みにじったとしても、勝利の時間は決して永遠には続かないから。

「エドガーがいつまた戻ってきて、自分の首を噛みちぎるかもしれないじゃないですか」

パクはしばらく黙りこんでいた。ひたすら僕のほうを見ていたが、その視線は僕を通り越して過去の記憶のワンシーンを見つめているようだった。もし僕が名前を呼ばずにいたら、パクは蝋人形みたいにずっとそうやって立ちつくしていたろう。

ガーディ。そう呼ぶ僕の声に、たった今昼寝から目覚めたかのように、パクがぶるりと体を震わせた。

「面白そうな本だな」

しかしパクのまなざしはがらんどうだった。パクと向かい合っている僕も、やはり朦朧《もうろう》とした気分に襲われた。その瞬間、アキのマルチウォッチがけたたましい音を立て、我に返った。

「ジュンが、ちょっと会おうって」

妙な雰囲気だとアキも感じていたらしい。勘のいいヤツだからな。パクが、僕に何か話したくてやってきたことを察したのだろう。

「少し出てきていいですか」

パクが肯くとすぐにアキは部屋を出ていった。いまやここにいるのはパクと僕の二人きりだった。そろそろ本題に入ったほうがよさそうだと思い、僕から先に口を開いた。

「もう話して平気ですよ」

本を見下ろしていたパクが僕を見た。

「私が何を言いたいか、わかっているだろう？」

もちろん。パクがドアの向こうに立っているのを見た瞬間、予想していた。

「まったく準備ができていない人たちだ」

パクの声はいつもと同じように低くて冷静だった。だがかなりの後悔をしているぐらいのことはわかった。僕はパクに一歩近づいた。

「だったら、ここに来る他の人たちは準備ができてるんですか？」

パクが言う準備の意味が知りたかった。親になるというのはいったいどんなことなのか？　子どもを迎える準備って？　準備をすればいい親になれる？　もちろんパクが気にしていることが何かおおよその察しはつく。新しい家族を迎えるのは、想像以上に厄介で困難なことだから。

「NCについて調べて、センターの子どもがどう育てられているか、父母面接に必要な書類は何か、ホログラムはどう準備して、いろんな検査で高得点を出すにはどうすればよくて、センターを訪問するための条件は何か、事前研修はどう行われるか……」

ずらずら並べ立てた条件を、実は僕自身よくわかっていない。どんな条件を満たせばここに来られるのか、詳しい内容を知っているのはガーディだった。前科の記録がなくて、居住地がはっきりしていて、NCで行われるいくつかの心理検査をパスしなければならないこと。それ以外にも多くの項目があるだろうが、僕が知っているのはその程度だった。

「プレフォスターの人たちって、なんか育児書を必死に読んで、さあ、このくらいやれば赤ん坊を産んでもいいだろうって考える人みたいですよね」

「……」

「世の中のどんな親も、事前に完璧な準備なんてできないじゃないですか?」

「……」

「親子の関係、それって、作っていくものですよね」

アキとのやりとりを思い出した。知らないうちに僕もアキに影響されているらしかった。

「その関係を、いいほうに発展させられるようにするのが私たちの仕事だ」

もちろんパクが心配するのも無理はなかった。この前の若いプレフォスターは、どうしてセンターへの訪問が許されたのか不思議なほど、NCについての認識が白紙の状態だった。そう、育児書をまったく読んでいない親より一冊でも読んでいるほうがマシというのは事実かもしれない。それだけ子どもに関心を持っているという意味だし、しっかり育てようと努力する証拠にもなるはずだ。しかし、そんな準備が逆効果の場合もある。ありのままのその子ではなく、親の計画通りに作られる子もいるだろうから。

「ガーディ、僕らは赤ん坊じゃありません。親を選べるのが十三歳からなのはなぜか、よくわかってますよね」

「……」

「いくら親でもダメなものはダメ、間違いは間違いと言える年だってことでしょ。今までずっと僕らにそう教えてきたのは、他でもないガーディじゃないですか?」

ときに親だから弱くなり、親だから崩れおちてしまうこともあるだろう。嘘もつくし誤った判断をすることもあるだろう。ノアの前の親がそうだったように。僕らが親に道案内しなければならないときも、肩を貸さざるを得ない状況もあるはずだ。そういうことはすべてガーディから教わっていた。

「僕は、スーツ姿でめかしこんで、準備してきた挨拶を暗唱するみたいな人は求めてないんです。僕が何か言ったら、あ、そうか、じゃあ違うやり方をしてみようかって言える親が希望なんです」

この前会った若いプレフォスターについてはほとんど何も知らない。数分間話したのがすべてだから。でも、初めて会ったときに妙な気分になった。なんだか、彼らならちゃんと僕を理解してくれそうないい予感がしたのだ。

「ガーディって、特に理由はないけど印象がよかった人っていませんか?」

「……」

「親を決める選択権は全面的に僕らにある、ですよね?」

「そうだ」

「じゃあ、二次面接を進めてください」

しばらく考えてから、彼は力なく肯いた。

「君がそういう考えなら尊重しよう。もう遅いから休みなさい」

「ガーディ」

パクがまた僕に向き返った。

「顔が暗いですよ。ひょっとして、僕のせいですか?」

「……」

単に疲労のためだけとは思えなかった。いくらしんどくても目だけは輝いていた人だ。しかしパクの瞳はくすんで見えたたし、顔には生気がなかった。

「もし君が生き残りの猿のエドガーなら、どうしていた？　ダンカンがそうしたように、攻撃的なオスに成長して、今のボスを始末したと思うか？」

パクの質問を聞いてふと、この本の著者がなぜ最後の生き残りの子猿に「エドガー（Edgar）」と名づけたかを思い出した。

「最後に生き残った子猿の名前って、エドガーですよね。エドガーって名前の語源は〈幸せを作る人〉らしいです。そいつが賢ければ、復讐したいという気持ちのせいで、アーロンやダンカンみたいに一生怯え続ける暮らしはしないと思います。エドガーが幸せになれるかどうかは、それこそエドガー自身にかかってますから」

パクの口元に笑みが広がった。そのとき、廊下いっぱいに響き渡るアキの声が聞こえた。最初のペイントを前に相当浮かれているらしい。僕は川で父親と釣りをするアキの姿を想像していた。

ペイントを終えたアキの顔色はさえなかった。むすっとした表情でいきなりドアを開けたかと思うと、どすんとベッドに腰を下ろして両方の頬をぱんぱんに膨らませている。深刻そうな雰囲気で、軽々しく尋ねるのも気が引けた。初回の面接で親になる人と出会うのは難しいとしても、本当に条件のいい人たちでアキにはぴったりだと思ったのに。まさか嘘をついていたのか？　いや、そんなはずはない。身元確認はセンターの鉄則だ。思ったより年齢のギャップが大きくてがっかりした？　期待していたよりもやさしくなかった？　目線は本に落としていたものの、神経はまるごとアキに集中していた。

「ガーディったら、あんまりだ」

アキがひどく乱暴な口調で言った。ひょっとして、ガーディのミスでアキとは不釣り合いな相手と面接することになったのか？　だとすれば相当問題だ。親になることを望む人間の第一印象は子どもたちの頭に長く刻みつけられる。ラストセンターでの十四歳は十三歳の次に幼い年齢だ。いとも簡単に傷ついてしまうデリケートな年頃なのだ。だからこそ、初めての父母面接はセンターの全ガーディが会議に会議を重ねた末に実施されていた。アキのように繊細で敏感な子どもなら、なおさら細心の準備をしていたはずなんだが。満面の笑みで戻ってきてもお釣りがくるぐらいの状況でブチぎれてるなんて。これ以上黙って見ていられず、僕はパタンと音を立てて本を閉じた。

「アキ、何があった?」

「だってさ、どうしてあんな……」

猿も木から落ちるというから、パクが何かミスをやらかしたか。僕はベッドから降りてアキに近づいた。

「ガーディが何かミスったんだな。残念だろうがわかってやれ。それでなくても最近、本部からめちゃくちゃつつかれてるみたいだし。ガーディたちが事前面接で不許可扱いにしてても、書類上の問題がなければとりあえずペイントさせろって本部からお達しが来たらしい」

おかげでハナとヘオルムという風変わりな人たちと出会えたわけだが。以前なら二人はガーディの段階でとっくに門前払いされていたはずだ。僕はアキの肩をぽんぽんと叩いた。

「アキ、忘れろ。初回一発目でいいプレフォスターに会えるなんてめったにないこと、お前だって知ってるだろ。普通にサクッと忘れちまえ」

「兄さん、なんの話？」

アキが目を丸くした。

「何って、がんばれって意味だよ。それとガーディをあまり恨むな。誰よりもいい親を紹介してやろうと、昼夜を問わず……」

言い終わる前にアキが言葉を遮った。

「あの人たち、本当にいい人たちだったんだ。期待してたよりずっとやさしかったし、素敵な人たちでさ」

今度はこっちが目を丸くする番だった。

「おばあさんは、もうぼくの服も買ってあるんだって。キックボードをしてるって言ったら、おじいさん、私も覚えよう、覚えなくちゃ、そんな感じだよ？　素敵な服もプレゼントも、おいしいお弁当だって持ってきたかったのに、初めての面接ではどんな贈り物も禁止だから、手ぶらでごめんねって言うの。時間が短すぎるんだよ。もっとお話ししたかったのに」

頭の中のパズルのピースが突然バラバラになった気分だった。何がどうなっているのか状況がつかめなかった。ついさっきまで最悪のペイントをさせられたみたいに息巻いていていたくせに、アキの目にはハートがキラキラしている感じだ。なんだ、こいつ。

「よかったのか、悪かったのか?」

「何が不思議だったかわかる? ぼくの顔って、二人のいいところだけを集めた感じなんだって。おばあさんのまん丸の目と、おじいさんの少し厚い唇がぼくに似てるの。こういうのを縁っていうのかな? だよね? これって縁だよね?」

僕は右足に重心を移し、斜《はす》に構えた姿勢で腕を組んだ。下唇を強く噛んだ。アキが初めての面接でいいプレフォスターと出会えたなんてこれ以上うれしいことはないはずなのに、笑えなかった。

「アキ505」

何、兄さん? 問いかける顔でアキが照れくさそうに笑った。

「そんなにいい人だったんなら、なんでプリプリして戻ってきたんだ? ガーディはあんまりだとか言って。ひどいヤツとの面接だったかと勘違いしたろ」

「ああ、ガーディは本当にあんまりなんだよ」

「いったいどうして?」

「だって、後五分だけ話させてって言ってるのに、時間きっかりで打ち切る人なんている? それだけじゃないよ。ハグとかじゃなく握手をしようとしただけなのに、せいぜい一回手をつなごうとしただけで、身体接触はダメですぅ、だってさ。もう！　なんであんなに石頭なんだよ！」

呆れて笑いが出た。まったく、このガキめ！

「そういうキャラの人だから、お前にぴったりの親を見つけられるんだろ。お前がイラッと来る、融通のきかない性格だから」

指でアキの額を弾くと、ぺちんという音が狭い部屋に響いた。

「兄さん、暴行罪で訴えるよ」

「訴えてみろ」

「二次面接を希望したか聞かないの？」

「お前のニタニタが終わったら聞いてやる。ガーディはなんて言ってた？」

アキは照れくさそうに頭をあちこちかきながら、だらしなく口を開けて笑っていた。

「来年の臨海学校は、一緒に行くことができないかもしれないな」

アキがパクの口調を真似た。だろうな。その頃アキは自分の親と旅行に出かけているだろう。

「兄さん、パクってなんか、一度も着ていない新品の服みたいな感じだよね」

「新品の服？」

アキがこくんと肯いた。

「ヨレヨレしたところがないもん。皺一つなくて、ホコリもまったくついていない人。去年、みんなで臨海学校に行ったとき、他のガーディは海に入って一緒に遊んだのに、パクはちょっと離れたところから見ているだけだったでしょ。チェだって泳いだりビーチボールをしたりしてたのに」

NCセンターは夏と秋の年に二回、海や山へ旅行に出かける。人はどこかの学校が団体旅行に来たのかぐらいに思うだろう。そのときにはみんな一緒に一晩中笑いあって楽しむ。だが、そんなにぎやかな雰囲気の中でも、パクはぽつんと一人で書類を整理したり、静かに本を読んだりしていた。言われてみれば、アキがパクのことを新品の服みたい、ヨレヨレしたところがないうんぬんというのも肯ける話だった。

「おい、パクだって人間だぞ」

僕はアキの頭をくしゃくしゃにした。パクの暗い顔がちらちら頭に浮かんでいた。まるで幻や、光の残像のように……。そう、パクも人間だ。ささいなことに悩み苦しむ、僕らと同じ人間。

自分が二次面接までペイントを進めたのがいつのことだったか、思い出せもしなかった。

久しぶりに二次面接をするつもりになり、まるで子ども時代のおもちゃを引っ張り出して眺めているような気分だった。まあ、それほどほんわかした状況ではなかったけれど。

インタビュールームのドアを開けると、部屋の真ん中に立っていたのはチェだった。二次面接は初回より重要だった。顔合わせはすんでいるから、より深い話になりがちだった。もし子どもがプレフォスターの過ちや小さな癖を見落とした場合にも、脇でガーディがこまめにチェックをしていた。ときには無意識の一言でその人物の性格があらわになる場合が多かったから。

大分前のことだ。こぎれいな身なりの四十代の夫婦がセンターにやってきた。財産や職業、生育環境のどれもが申し分のない夫婦だった。男はしゃれたスーツに身を包み、女はシックなツーピースを着こなしていた。二人の物腰はやわらかく、にこやかで、まなざしは温かかった。ペイントをした子どもの好感度や面接の点数も高かった。十日後、とうとう二次面接になった。簡単に挨拶だけを交わした初回の面接とは違い、子どもと夫婦はあれこれ個人的な話をした。そのときも男女はともに洗練されたスーツ姿だった。女は四十五歳で、肩までのストレートヘアに透き通るような肌の美人だった。ところが、面接が進むにつれセンター長の目に気になる部分が映った。女が話をし、手入れの行き届いた髪が彼女の胸にかかるたび、夫はそれをこまめに背中のほうへと払いのけてやるのだ。パッと見たところ、さして問題のある行動ではなかった。むしろ妻を大切にし、細かく心配りする夫のふるまいと言えなくもなかった。だが繰り返されるうちにセンター長の表情が少しずつ曇っていった。夫は妻の髪が動くのを一瞬たりとも我慢できなかった。かなりデリケートな会話の最中でもそうだった。二人がセンターを去った後で、パクは他のガーディたちに男の追加調査を命じた。彼は周りの評判がよかった。誠実でさっぱりしていて自己管理が徹底した人間だと。それだけか？　疑うパクに別な情報が入ってきた。

男は整理整頓に執着していた。特にモノの整理に対して強迫的だった。家や自動車、はては妻まで、自分の思い通り一糸乱れぬ状態で置かれていないと落ち着かなかった。男は子どもが欲しいわけではなかった。家族という囲いの中に置き、自分の思う通りに仕立て上げられる生きた人形が必要なだけだった。結局、彼の名前はブラックリストに載せられ、ペイントを希望するプレフォスターへの心理検査は数倍厳しいものになった。子どもの目にはこの上なくやさしげに見えた姿が、パクには危ういものに映った。それこそ大人の視角であり、無視できない年輪だった。

そう考えると、僕の二次面接にパクが同席しないという事実が意外に感じられた。センター長なしで二次面接に進んだことは一度もない。まさかこうなるとは思ってもいなかったのに。鳥のフン程度も融通がきかないパクではあるが、彼の不在になんとなく気持ちがざわついた。

例の二人は、やはり普段着姿の軽装だった。ぎこちなさが隠しきれなかった前回とは違い、一段階緊張が解けた顔をしていた。

「こんにちは」

二人に向かってぺこりと頭を下げた。

「やあ、こんちは」

二人は、小さな子どもみたいにひらひらと手を振った。

面接の流れは初回と同じだった。飲み物を注文し、すぐにヘルパーが入ってきてジュースや炭酸飲料などを置いて出ていった。男がにたりと笑って言った。

「ハナは、絶対に連絡がくるはずないって言ってたんだ。あんただったらあたしたちみたいな親と会いたい？　とまで言っちゃってね」

男が一人で笑っているあいだに、女はすーっとジュースを引き寄せた。

「事実でしょ。心理検査だって、かろうじてパス……」

男がシッ、と人差し指を口に当てたが、女は負けなかった。

「あたしたちがごまかしてること、バレてないと思う？　ここにいる人たちは、あたしたちよりもあたしたちをよく知ってるんだろうし」

ですよね？　問うような女の目線に、チェは知らんぷりを決め込んだ。前回とは打って変わって、チェは落ち着きはらって静かだった。

「俺はさ、なんかジェヌに呼んでもらえる気がしてたんだ。百パーセントの確信はなかったけどね。ハナに賭けようって言われたとき、賭けとけばよかったよ」

チェの眉間に皺が寄った。養子を迎えることをナンセンスなクイズに答えるみたいに簡単なことだと思うな、という警句だった。いやいや、それほど大したことか？　十七歳にもなったヤツが、いまさら親を見つけようと顔をつき合わせて座っていること自体、ナンセンスだと思うが。

「僕は、どんな印象でしたか？」

質問すると女がまじまじと僕を見た。多少気が強そうだがガードが緩そうな顔でもあった。人のよさそうな笑顔を浮かべてはいても、男のほうがよっぽど隙はなさそうだ。知らないふり、身に覚えのないふり、否定するふり。男は、女の隙を律儀にカバーしているように見えた。僕との再会を予想していたとは意外だ。人を見る目はあるらしい。

「正直なこと、言っていい？」

女の言葉にチェが目を尖らせた。心底不思議だった。正直は悪いことじゃないだろうに、誰かが「正直に言っていい？」と言うと緊張が走る。人が本当に求めるものは正直さではないのかもしれない。いかにもそれらしく取り繕った嘘なのかも。

「ええ、僕は正直なほうが好きですから」

僕が肯いた。

「うーん、少し暗いな、って思ったんだ。つまり、世の中のNCに対するイメージと同じ感じ……一方で、なんていうんだろう、堂々としてるなって感じ？　あ、堂々としてちゃダメって意味じゃなくて……自信ありげな姿が、なんか見ててかっこよかった」

言ってる意味わかるよね、という表情で女はぎこちなく笑った。もちろん誰よりわかる。社会からNCの子どもを排斥したければ、ずっとよくないイメージを植え付け続ける必要があった。真実は、自分に得なときだけ有効だ。それが真実の役割だった。NC出身者と自分たちは違うと線引きしたほうがメリットのある人間にとって、そっちのほうが真実にならざるを得ない。

「負担じゃないですか？　もう十七なのに」

なぜ僕に関心があるのかが聞きたかった。慎重に考えろというチェの助言を、果たして二人はどう受け止めたのだろう？

「実の親に育てられてない子って、自分とは別だと思ってたの。社会からそう思いこまされるしね。ついこないだまで、なんかの犯罪集団……」

「言葉選びは慎重にしていただけますでしょうか」

チェが鋭く切り返すと、女はヤバっという顔になった。

「ごめん」

「平気です」

NC出身者たちを潜在的な犯罪者とする見方は僕も知っている。そんな烙印があるから、NCの子どもたちはあれほど必死に親を求めるのだ。

「でも、考えが変わった。実の親に育てられたからって、その子に問題がない？　あたしは自分の親が誰か知ってる。おじいちゃん、おばあちゃんのことも。遡れば自分のルーツもたどれると思う。でもある日突然こう感じたの。あたしがもしあの親のもとで育っていなければ、今ごろ完全に違う性格で、違う生き方をしていたんじゃないか？　結局、自分でやったと思いこんでることも、実際には知らないうちにさせられてたわけでしょ。あたしの記憶があるのは小学校二、三年くらいからだけど、はっきりはしていない。だったら記憶ができる前のあたしって、どんなふうに育てられたんだろう？　そう考えたとき、NCセンターのことが頭に浮かんだ。自分が十代で、今の君ぐらいの年でうちの親と会ってたら、どんな関係になったんだろう？　実はね、あたし、母親から結構ひどい目に遭わされたんだ。もちろんあたしもさんざん当たったたし、意地悪をして母さんを苦しめたけど。

子どもって、ほとんどは家族から一番傷つけられるんだと思う。だからあたしたちは子どもを作らないことにした。自分でも知らないうちに、一人の子どもの性格や価値観、ひいては人生まで牛耳っちゃうかもしれないって思ったら、ドキンッて怖くなったから。赤ちゃんの面倒を見るのだって並大抵のことじゃないし。とにかく、しばらく真剣に悩んだ」

女が言葉を止めると、インタビュールームは深い静けさに包まれた。廊下を掃除するヘルパーの機械音だけが聞こえていた。

NCセンターにやってくるプレフォスターでこんなふうに自分のことを打ち明けた人はただの一人もいなかった。少なくとも僕の知る限りでは。想定外の話に耳を傾けているうちに、ふと頭に何かがひっかかった。

「文章を書くお仕事でしたよね？」

「ヘオルム、今あたし鳥肌立っちゃった。見てよ、見て、あたしの腕。この子にあたしの心の中読まれちゃった」

女が袖をまくり上げて腕を見せる。チェがため息をついた。当の僕はこの状況がおかしくてついつい笑いがもれた。

「そんなふうに小説でも書いてるみたいに自分語りされたら、誰だってわかるよ」

男はさして関心もなさそうに答えた。気がつくと女はずいぶん真面目な顔になっていた。

「あたしは二つのことが知りたいの。人が言うように、本当にNC出身の子は問題があるのか。それと、人格がほぼ出来上がってしまってから親になる人間と出会ったら、つまり、まったく違う環境で育った子どもにある日突然家族ができたら、果たしてどんな生活を送るのか。そのことを書いてみたい」

その瞬間、ガガガッとイスを後ろに引く音がした。チェだった。驚いた三人がチェの顔に目線を向けた。

「お引き取りください」

今までのどんなときより冷たい声だった。

「ガーディ」

「お二人はセンターに来られたとき、新しい家族が必要だとはっきりおっしゃいましたよね」

「はい。あたしたち、家族が必要なんです」

女が困惑したような顔で肯いた。

「子どもは、実験対象でも研究対象でもありません。ましてや書く材料なんて……」

「その通りです。子どもは絶対に実験対象でも研究対象でもない。なのに多くの親が、子どもを自分の思い通りにさせるためにひっきりなしに研究して、実験してますよね。女の子にはフリルがついたワンピースとかキラキラしたエナメルの靴が嫌いな子もいるでしょ？　せいぜい十歳の子どもを無理矢理バレエ教室に通わせて、全体重を爪先で支えさせるっていうのを想像してみてください。あまりに残酷じゃないですか？　おかげでその子は大人になっても靴を履けなくなったんです」

「ハナ、いいからその子に落ち着けって言ってやってくれ。俺たちが今どこにいるか、頼むから思い出そうよ」

　男が女をなだめながら席を立った。立ち上がらなかったのは女と僕だけだった。

「どうせお話ししたついでに、もっと正直に……」

「いいえ。これ以上正直になっていただかなくて結構です。このセンターは……」

「ガーディ、親の選択権は誰にあるんでしたっけ？」

　僕が話を遮った。チェが僕を見つめた。

「ジェヌ、忘れてるみたいだけど、私たちには君を保護する義務があるんだよ」

「僕は今なんの身の危険も感じていません。不愉快でもないし、侮辱も感じませんでした」

「だとしても、今回の面接は……」

「もっと聞きたいんです。こちらのお話を」

　みんな、どれほど素晴らしい親のもとで成長したか自慢するのに忙しかった。今になって自分たちもそういう親になりたいと夢見ていると口にした。家族がないことは不幸だから、私たちが温かい家族になってやろう。施しをするような言い方だった。親に傷つけられたなんて誰も言わなかった。目の前にいるこの二人を除いては。

「ガーディ、お願いします」

チェが長いため息をついた。

「子どもが希望しているのでやむをえません。失礼しました。お座りください」

チェの謝罪に男がおそるおそる腰を下ろした。女も興奮を鎮めようと深呼吸した。

「ハナは、大人になるまで母親とぶつかってきたんだ。俺との結婚もずいぶん反対されてね。俺のほうの問題は父親さ。そんな俺らが新しい家族を迎えようなんて、ひょっとしたらとんでもないことかもしれない。ハナは前からNCセンターのことを知りたがってた。ここの子どもたちはどんな生活をして、どんな価値観を持ってるんだろう。でも誰も自分がNC出身だって言わないから、簡単に情報を知ることはできなかった。それで直接申し込んだ。認められるとは夢にも思っていなかったのに、こうやって君と会って、二次面接まですることになって。経験してみたかったたんだ。すっかり大きい息子と暮らすのがどんなふうかをね。単純に、仲のいい友達が一人できるってことなんじゃないか？　養子をもらったときの恩恵に関心がなかったって言えばもちろん嘘になる。でも、こっちの誠意を伝えたかった。家で、本当にたくさん君の話をしたよ。君の顔を絵にも描いた。大したものじゃない。簡単な似顔絵さ。プレゼントしたかったけど、三次面接の後ならいいって聞いてたから持ってこなかったんだよね。この感じだと、会えるのは今日が最後になりそうだけど……」

男が残念そうに苦笑いした。彼の言う通り、二人と会うのは今日が最後になるかもしれなかった。チェの言う通り、彼らは不安定で、力不足だから。

「正直なお話を、ありがとうございます」

「実際、俺らはリハーサルもしてこなかったからね。ずいぶんまとまりのない話だっただろ？」

男が謝った。

「……ほとんどの人は、リハーサルなしで親になりますよね」

僕の言葉に男はきょとんとすると、チェのほうに顔を向けた。

「あの……二次面接なので握手くらいはいいですよね？」

男の質問にチェが乾いた声で答えた。

「許可します」

チェの言葉が終わるや否や、男はにゅっと手を差し出した。

「会えてよかった。君はすごい大人っぽいよ。大人の俺らより、ずっと」

「大人だからって、みんなが大人っぽい必要ありますか」

これもやはり本で読んだことだが、大人はみんな、胸の中に大人になりきれない子どもの自分が住んでいるそうだ。女の胸の中に、バレエが大嫌いな十歳の子が住んでいるように。

僕は喜んで男の手を握った。とても大きい手だった。そして温かかった。

「さようなら」

チェは、この偽プレフォスターを一刻も早くセンターの外へ追い出したそうな気配だった。二人はチェに向かって頭を下げて挨拶した。ハナとヘオルム、二人の姿がゆっくりとドアの向こうに消えていった。

ドアが閉まるなり、チェはどすんとイスに身を投げ出した。ヘルパーが入ってきてテーブルの上を片づけるあいだも、ずっと考えこんでいた。これからどうするつもり？　一言あってもおかしくないのに何も言わない。ヘルパーが空のカップを持ってインタビュールームを出ていった。

「ガーディ」

心ここにあらずのチェの耳に、僕の声はまったく届いていないようだった。

「ガーディ？」

「えっ？　ごめん、なんか言った？」

「センター長はどこにいるんですか？」

センター長という言葉に、チェは頭痛でもするみたいに頭をゆすった。

「個人的な事情で、一日休暇をとったんだ」

パクが休暇？　週末もセンターに残ってた彼がいったいなんの用事で？　それも、僕の二次面接の日に。普段のパクなら決してそんな行動はしないはずだった。パクの突然の休暇とチェのあいだに何かありそうだが、何かはつかめなかった。

「なんの用で……？」

「個人的なことよ」

チェは再び物思いにふけった。彼女の言う個人的な事情とはなんだろうか？

チェが僕に向かって弱々しく笑って見せた。

「ごめん、ちょっとぼーっとしてた」

僕は肩をすくめて見せた。

「数日前に、本当に立派な人がセンターに面接の申請をしてきたんだ。まだ検討中で手続きは残ってるけど、パクはジェヌ、あなたを念頭に置いているみたい」

「僕、三次面接に進むのにですか？」

聞き終えるなりチェが顔を歪めた。

「直接見てもわからない？　君を単なる文章のネタにするつもりの人たちだよ。おまけに感情の起伏も激しいし、不安定そうだし」

「そこがいいんです」

「ジェヌ、親と暮らすっていうのは難しいことなの。君みたいに賢くて敏感な子ならなおさら……」

「世の中の親って、だいたいが不安定で不安そうな存在じゃないですか？　あの人たちだって親をするのは初めてだろうし。誰かに自分の弱さをさらすって、それだけ相手を信頼していることだと思うんです。子どもに弱みを隠して、恥部を見せない親ってたくさんいますよね。そういう関係は時間が経つほど信頼が崩れるでしょ」

ふと照明の下でチェの瞳が光った。

「センター長に言われたときは、信じてなかった」

チェが髪をかき上げた。目は黄色く色づいた木々の梢《こずえ》に向けられていた。

「君は三次面接にコマを進めるかもしれないって、予言みたいに言ってたことをね。私はただ、君が反抗心からあの人たちとの面接にこだわっていると思ってた。不安を表明する、君なりのやり方なんだろうってね。よほどのことでもない限り、君はホログラムを見ただけで首を横に振ってたから。ところがパクはね。ジェヌ、ひょっとしたら君が、私たちには気づくことのできない何かをあの人たちに見つけたのかもしれないって言ってたんだ。まさかとは思ったけど、彼の話は当たってたね」

パクが僕の気持ちを察してくれていたなんて、ありがたかった。僕らは羊の群れじゃないから、羊飼いに追われるままもそもそと動くわけにはいかない。僕らが望む本物の大人とは、大人に見えないものを僕らが見つけられると信じ、大人にわからないことを僕らなら理解できると信じ、大人に感じとれないものを僕らは感じとれると認めてくれる人だった。一言でいえばここのセンター長、パクその人。

「だからって、僕のことを全部は理解できないと思いますよ。僕だって、自分のことがよくわかりませんから」

「今後はもっと理解できるように、私もがんばるよ」

チェもやはりいいガーディだった。心温かく、思慮深く、理解しようとする気持ちにあふれていた。チェにとって男子がうようよいるセンターBは大変だろうが、僕らはおかげでもう一人、いいガーディに恵まれた。原則と規則を厳守するより大変なのは、原則を犯さない範囲で自由を認めることだった。

「ありがとうございます」

僕はチェに頭を下げた。

「兄さん、体育館に行ってきたの？」

アキの質問に答える代わりに、僕はマルチウォッチを持ち上げて見せた。ここの子どもたちにとって、人格形成と同じくらい大事なのがまさに健康な体づくりだった。僕らは一日三十分の運動を義務付けられていた。運動時間や運動の種類、カロリー消費量から筋肉量まで、すべてがマルチウォッチに入力され、そのデータはそっくりそのままガーディのパソコンに保存された。もし運動をサボれば罰点をつけられ、それが一定のレベルを超えればマルチウォッチを没収された上にリモースルームで手書きの反省文を書くハメになる。マルチウォッチを没収されるくらいなら、いっそ体育館で汗を流したほうが百倍マシ、というのがNCの子どもたちの共通した意見だった。一日二日運動をしてみると変な中毒性が生まれ、不満の声は意外と聞こえてこなかった。

「あ〜、本当に毎日運動するのイヤ！　親を見つけて新しい家に行ったら運動しなくてもいいんだよね？」

もちろん、ささいな不満の声は常にあった。僕と同室のガキんちょ、あるいは、VRルームでゲームするとき以外は体を動かすことを極度に嫌うノアみたいなヤツがその代表だ。

「ここではしなくてよかったのに、養父母の家だとしなきゃならない、って場合のほうが多いんじゃないか？」

それってどんなこと？　アキが乗っていたランニングマシーンから降りて目をぱちくりさせた。ここではラクでよかった何かが、外では面倒なこととして迫ってくるかもしれない。僕はさっと眉間に皺を寄せた。

「アキ、週末だからってそんなに寝坊してどうするの？　早く起きなさい。ママがああいう番組は見たらダメって言ったでしょ？　早く消しなさい。あんた最近マルチウォッチばっかり見てるじゃないの。しばらく没収よ。アキ！　成績が前より下がったわ。スペシャルクラスに申し込んだほうがいいんじゃない？　アキ、ああいうお友達と付き合うのはよくないと思うわ。アキ、暑いからってそんなにアイスクリームをいっぱい食べたら体に悪いでしょ。アキ、どうして朝ごはん食べないの？　ママがお前のために特別に豆ごはんを作ったのに、なんでお豆だけちょこちょこよけてるの？」

「もう、本当にやめて」

パッと顔をしかめるアキを見て、僕はからかうのをやめた。

「兄さんって親への見方がものすごく否定的なんだよ」

「否定的な見方じゃなくて、クリアな見方、と言ってくれ」

フン。鼻で笑うアキは頭が汗でびしょ濡れだった。

「お前、キックボードなら何時間でも乗るくせに、せいぜい三十分運動するのがそんなにしんどいのか？　キックボードの上でバランスをとるほうがキツい？　それともランニングマシーンを走るほうがキツい？」

「兄さん、なんで二つをくらべるの？　キックボードは面白いスポーツだし、ランニングマシーンは退屈な運動でしょ」

「それはお前がそう思いこんでるからだろ」

キックボードをしにいくとなると、こいつはおやつを発見した子犬みたいに喜ぶ。なのに体育館に行くときは、リモースルームに引っ張っていかれるみたいにやる気のない表情だった。

「お前は、自分の思い通りに生きると思ってんだろうな」

「そりゃあ自分の思った通りに生きるよ、他人の思った通りになんて生きる？」

そう。僕らは自ら考え、判断し、行動する人間だ。だが人間だからといって、必ずしも他意や強要でない、自分の意志のみにしたがって行動できるだろうか？

「アキ、ひょっとしたらお前はお前の思いこみに操作されてるのかもしれないぞ」

「どういうこと？」

アキが目を丸くした。

「キックボードは面白くて体育館での運動はつまらない。この単純な文句が脳に刻まれると、運動の時間にげんなりするんだ。一度その思いこみが根を下ろしたら、お前はずっと運動が嫌いになる」

「あ〜、もうよしてよ。兄さんっていろいろ考えすぎ」

「まったく考えナシよりはマシさ」

「うわわ！　本当にうんざりだよ。一言も負けてないんだから」

「負けるが勝ちっていうぞ、ガキんちょめ」

アキがあかんべーをしてマルチウォッチを外し、机の上に置いた。また意地悪をしてしまっただろうか？　ペイントが終わってから、アキがなんだか別人のように思えて、気がつけば邪険にしていたかもしれない。

「僕、体育館でガーディを見たよ。汗をだらだら流しながら運動してたけど」

「ガーディってパク？　体育館に、なんでだろう？」

　僕らにはいつも運動しろとうるさいが、実際にリモースルームで手書きの反省文を書かなければならないのはパクのほうだった。夜遅くまで仕事ばかりしているせいで何かあると鼻血を出すし、突然倒れて保健室の世話になることもあった。そのたびに医師から結構な小言を聞かされているくせに、いつもその場限りだ。好き嫌いがひどいから食堂ではいつも少食だし、たまに保健室で胃薬をもらっているらしい。見ていなくても体がさんざんな状態なことはわかる。やっと体調管理に努める気になったかとも思ったが、〈よかった〉というよりは〈なぜ急にいまさら〉という疑問のほうが先にきた。

「ようやくパクも、一日三十分の運動がどれだけしんどいか、自分でわかるだろうね」

　アキが着替えを手にひょこひょこと部屋を出ていった。僕が運動を好きな理由の一つは、頭の中の雑念をからっぽにできるからだった。一時間ほど夢中で走ると、疲れて何も考えられなくなる。パクが突然体育館に現れたのは、ひょっとしたら僕と同じ目的だったのではないだろうか？　始終何かが頭の中でぐるぐるしていたり、精神的につらくて考えることそのものをやめたかったり、そんな状態。

　僕のペイントの二次面接の日、パクは突然休暇をとった。パクと最も関係が緊密なチェでさえ理由を知らないとすれば、他のガーディたちもおそらく知るはずはない。もちろん、僕が聞いたところで教えてもらえないことは明らかだった。問題があれば一人で悩まずにいつでも助けを求めろと言いながら、当のパクは誰にも心のうちを明かしていなかった。彼の胸の中には、いったいどんな子どもが住んでるんだろう。

風が吹き、窓の外の木々が身を揺らした。また一日がこうして過ぎていく。もうすぐ十八歳だ。時間はだいたいたいの場合足踏みで進むのに、たまに、あまりにも早く過ぎると感じることがある。

「おい、残ってるブルーベリーあるか？」

昼休み、食堂を出るときノアが聞いてきた。

「まだ十五日しか経ってないのに、まさかお前……」

「いや、やめとくわ。ガミガミ言われるんじゃな」

ヤツはめんどくさそうな表情で手をひらひら振った。

「また何に必要なんだ？」

「お兄ちゃんは体がブルブルしてきてってね。どうにかして糖分をとらないといけない感じなわけよ」

僕が〈ついてこい〉という手ぶりをすると、ノアが足を動かした。

センターでの学費を含め、運営資金や生活費はすべて政府の支出だった。服は年に二度、生活服が数種類と制服、体操服が与えられる。学費、マルチウォッチにかかる通信費、食費まで出してくれる。それ以外に、VRルームでゲームをしたり無人カフェでおやつを買い食いしたりの個人的なことにもお金が必要だった。正確にはポイントが必要だったが、それだってやはり政府が提供していた。

ポイントはNCセンターでだけ使える貨幣単位だった。一か月に一度、各自のマルチウォッチに一定のポイントが付与される。お小遣いというわけだ。

この単純なポイントシステムが、しかし未就学の子どもたちには理解しづらかった。数字の概念がはっきりしていないから、自分にどれくらいポイントがあって、カフェでアイスクリームを一つ食べたらどれくらいポイントが引かれるかという計算が難しかった。だから、小さい子どもにはわかりやすいようにブルーベリーのマークのかたちでポイントが与えられた。キャンディを一つ買うと、十個のブルーベリーのうち一個が引かれる、という方式で。そのため、僕らはすっかり大きくなった今でも、よくポイントのことをブルーベリーと呼んでいた。

カフェに入ると、ノアは冷蔵庫からジュースを取り出した。それとなく僕の顔色をうかがっているところを見ると、どうやらもっと欲しい物があるらしい。結局僕が降参するようにため息をつき、ヤツは素早くスナックをつかんだ。

カウンターで商品のバーコードをリーダーに当て、マルチウォッチをスキャンした。

ピッ。音とともにポイントが引かれた。

カフェを出るとき、ノアをちらっと見た。マルチウォッチをつけていなかった。しょっちゅうバレて罰点をくらっているにもかかわらず、授業になるとマルチウォッチで別なことをしてるヤツなのに。

「お前、マルチウォッチどうした?」

尋ねるとノアががぶがぶジュースを飲んだ。なんだこいつ、またか?

「リモースルームに行ったのか?」

「っとにセコイよな。どうせ貯められないポイント、来月になれば消えちまうのに。ちょっとジュース奢ってくれって言って何が悪いんだよ」

「お前、またジュノにポイントよこせって言ったんだろ?」

ジュノはノアのルームメイトだった。十五歳で、ノア同様性格が普通じゃなかった。

「嫌なら嫌って言えばいいんだよ。それを、兄さんのそういうところが問題だの、経済観念がないだのあんまりうるさいから……」

「殴ったのか?」

「いや、そーっと押しただけで転んだんだよ。それも、よりによって廊下で」

センターは居室と浴室を除くすべての場所に監視カメラが設置されている。生活棟で暴力沙汰があると廊下の警告灯が光りながら唸り声を上げ、即刻呼び出しを受ける。十代の男子が集まる場所だ。ガーディたちが最も問題視しているのはケンカと暴力だった。

「もう何回目だ？　しょっちゅう問題を起こしてたら、面接権を剥奪されるだろうが」

問題を起こすと、そのたびに罰点の記録が残った。それが一定の水準を超えると父母面接権そのものが剥奪された。親を見つけられなかった子どもは、結局一人でセンターを去らざるを得ない。

「もうすぐ十八だぞ。どうするつもりだ？」

「オマエに何がわかる？　あーあ、どうでもいいさ。また新しい親を見つけるのだって難しいし。それに……」

それに？　目で尋ねると、ノアは袋を開けてスナックをムシャムシャ食べはじめた。

「オレは、アフリカにいるガゼルみたいなやつだって思ってるからさ」

「なんだそれ？」

ノアは、口元についたスナックのかけらを舌で舐めながら話を続けた。

「最近、動物もののドキュメンタリーを見たんだよ。絶滅の危機に瀕した動物のガゼルってのは、不思議なことに生まれてすぐに歩いたり、走ったり、全部できるんだ。もちろん親の保護は必要だけど、だいたいのことは一人でできるらしい。もし人間もそうだったら？　生まれてすぐにいきなり歩いて、走って、話して。そういう状態で親を探すのって無茶苦茶笑えない？」

ノアはおそらく、僕らがその笑える真似をしていると思ったのだろう。確かに、そう感じてもおかしくない。

「オレはアフリカで生まれたガゼルだ。そう考えることにしようって。生まれてすぐに歩いて、走って、話せる状態で、親を見つけるわけ」

「殴って、はなんで抜けてるんだ？」

「抜かすだろ、普通。実際にやってやろうか？」

パクはきっとノアにふさわしい親を探し出すだろう。少々カッとしやすい性格は問題としても、それなりに深く考えているヤツだ。ノアの言う通り、僕らはみなガゼルやシマウマ、キリンなのかもしれない。親と出会う段階で、すでに走って、歩いて、話して、考えられる子ども。でも自分だけの力でそっと生きていくことが難しいから、誰かの保護を必要としている子ども。もし本当に人間がそんな状態で生まれていたら、潜在意識に刻まれている、でも記憶は曖昧な幼い頃の傷の痛みも、少しは和らぐんじゃないだろうか。ガゼルなら……。

「ジェヌ、オマエ、ガゼルに何種類もあるって知ってるか？」

それにしてもこいつ、本当にガゼルになりたいのか。今日に限ってなんでまたガゼルの話かよくわからない。今度は何だ？　そんな表情をして見せると、ノアがククククと笑った。

「そのなかに『甲状腺』って名前のガゼルがいる」

『甲状腺』？　マジでガゼルの名前が甲状腺？」

もちろん、とでもいうように肯いてノアが言った。

「どっかの大陸の高原に住むガゼルなんだけど、やっぱり絶滅の危機に瀕してるんだってさ。コウジョウセンガゼル、笑えるだろ」

「のどちんこガゼルよりはマシだけどな」

言われてみればひどくばかげていて面白かった。そんな名前で生きていく生命もあるなんて。僕はクククと笑いながらノアの肩をとんと叩いた。

「ポイント使い切って必要なら言ってくれ」

だがムービングウォークで移動中、僕はハッとして足を止めた。待てよ、ノアがリモールームで反省文を書いたってことは、パクの執務室をもう一度覗いてきたってことじゃないか？

「なんでいきなり立ち止まるんだよ?」

あいかわらずスナック菓子を食べているノアが、口をもぐもぐさせながら言った。

「お前、もしかして昨日もパクの執務室を……」

したり顔をしているところを見ると、またパクの執務室を盗み見してきたらしい。ノアみたいなヤツ以外、リモースルームに出入りしている子どもはそういない。幼い頃から、人に迷惑をかけてはいけないと叩き込まれて成長するからだ。そのせいもあってか、ほとんどのセンターのリモースルームはごく普通の部屋に過ぎない。ここは実績が悪いだけあって、本部からの支援が最少だった。体育館拡張の代わりにセンター長の執務室を狭くして、そこにリモースルームを設けるほどに。

「ひょっとして妙な感じはなかったか?」

ノアが口を尖らせた。

「いつもと同じように本を読んでたぞ?　チェが来ても、この前みたいにやりあうわけでもなかったし」

「チェ?　チェがまた来たのか?」

「報告に来たらしい」

業務報告は当然の日課だろう。

「そうか……特に何もなく？」

「何も？」

確かに、その二人に何かあったら、ノアの性格からいって、ぺらぺらしゃべっていないことに今ごろイラついているはずだ。チェは単に業務報告だけをしにきたのだろうか？

「特別なことなんてないよ。とりあえずチェは、明日また来るって言ってたけど」

「昨日は何時くらいに行ったんだ？」

「六時くらい？　三十分後にパクがやってきて、何分かしたらチェが入って来た。でもさ、チェはやっぱ、かなりパクを嫌ってるな。執務室を出がけに言ってたぜ」

「なんて？」

「センターの仕事に集中してくれって。あんまりいろいろ考えすぎると、むしろ仕事の邪魔になる、だったかな？　さすがチェだよな。タダ者じゃない」

パクが突然休暇を取ったことを咎める意味だったのだろうか？　僕のペイントの二次面接があった日だから。だが、とはいえパクも人間だ。やむをえない事情が生じることもあれば、個人的に大事な用もあるだろう。せいぜい一日休んだぐらいでそんな言い方をするチェではないはず。パクだって、実績の低さを理由に本部から圧力をかけられたときでさえ、深く悩んではいなかった。その彼が、センターの仕事に集中できないほどの問題とは、果たしてなんだろう？

「おい、何をそんなに一生懸命考えてる？」

いくら考えても釈然としない。まさか、何かあったのか？

「行かないのか？　昼休みが終わるぞ」

ノアがスナックをかきこんでずんずん進んでいった。五時間目の開始を告げるシグナルが鳴り、僕はのろのろとムービングウォークに乗った。

窓の外に目を向けると、運動場を横切っている二人の姿が見えた。一人はセンター長のパク、もう一人はガーディのファンだった。運動場全体が暗い影で覆われ、今にも一雨来そうな雨雲が押し寄せていた。窓の隙間から入りこむ冷たい風に、冬の初めのにおいがした。初冬でもあいかわらず緑の森に囲まれている場所。それがＮＣのラストセンターだった。

夜のあいだに雨が降った。窓ガラスにぽつぽつと雨のしずくが落ちた。部屋がじめじめしてくるとセンサーの青いランプがつき、室温が上昇し、空気清浄システムが稼働する。授業がすべて終わった僕は部屋に戻って楽な生活服に着替えた。アキはふんふん鼻歌まじりでマルチウォッチのゲームをしている。目前に迫った二次面接を前に、かなりのご機嫌らしい。

「兄さん、二次面接って身体接触はどこまでだっけ?」

「握手」

僕のつれない態度にもアキは明るい表情だ。

「やっとおばあさんとおじいさんの手を握れるよ。あったかいだろうなあ」

「『おばあさん』『おじいさん』って呼ぶことにしたのか?」

アキが左右に首を振った。

「そうじゃないよ。でもぼく、ヘンなんだけど、おばあさん、おじいさんっていうのが好きなんだ。そう呼んだらがっかりするかな？　あの人たちも孫と話してるみたいって言ってたんだけど」

着替えた服から洗濯したての清潔なにおいがした。

「だったら、いいんじゃないか」

だよね、といいたげな表情でアキがにっこり笑った。

「兄さんを紹介したいなあ。一緒に写真も撮りたいのに、ダメだなんてさ」

完全な親子の関係になって一緒にセンターを去るそのときまで、双方ともにいかなる記録物を残すこともできなかった。音声の録音や映像撮影はもちろん、写真撮影も禁止。それらがどんな副作用を引き起こすか、わからないから。

「そうだ、兄さんの三次面接ももうすぐでしょ。兄さんが二次まで進んだのだって久しぶりな感じだもんね」

だな。あの二人がいい人か、まだ確信しきれてはいない。ただ、正直で独特の人たちだということだけははっきりわかっていた。心にもない言葉をだらだら口にしないだけでもありがたかった。もっと話してみたいと切実に思うくらいには気に入っている、というか。

その瞬間、部屋と廊下じゅうにファンの声がきんきん響いた。

「今すぐ、全員講堂に集まるように。講堂に集まるように……」

招集だった。火災を想定した避難訓練や他の特別な行事でない限り、子どもたち全員を講堂に集めるなんてめったにないことだ。それも、授業が終わった夕方に。

「兄さん、今日避難訓練だったっけ？」

「いや。非常ベルは鳴らなかったろ。知らせもなかったし。他の理由だな」

「事前のお知らせもなしにいきなり集まれって、なかったよね」

「行けばわかるさ」

僕はアキの頭をくしゃくしゃにした。なんとなく嫌な予感がした。「センターの仕事に集中して」。ノアの声がよみがえる。アキがマルチウォッチのゲームをオフにしてドアへ向かった。

講堂に一人二人と子どもたちが集まってきていた。センター長のパクと残りのガーディは壇上に並んでいる。

「なんか重大発表っぽい」

子どもたちがガーディの姿にざわついていた。なぜか緊張して、僕は首を伸ばしパクの青ざめた表情を見つめた。

みんな集まると、パクがマイクを握った。暗褐色の瞳が子どもたち一人一人の上を順に通り過ぎていく。

「休憩時間にこうして集まってもらって、悪かった」

パクの声はいつものように低く落ち着いていた。

「君たちの休憩時間をあまり無駄にしたくない。簡単に用件だけ話します」

パクは緊張する子どもたちを安心させるように、ひときわ穏やかな笑顔になった。

「私は、当分のあいだセンターを留守にすることになりました。それほど長くはならないと思う」

壇上にいるガーディたちも驚いているところを見ると、僕ら同様、初耳だったようだ。すっかり強張っているチェの顔が見えた。

「どっかに行くんですか?」

誰かが質問し、パクが答えた。

「個人的な用事です。センター長の私がいなくても、ここには素晴らしいガーディたちがいるから、言うことを聞いて今まで通り一生懸命生活してください。センターを留守にすることを、センター長として改めてお詫びする」

パクが子どもたちに向かって頭を下げた。初めてだった。週末でさえ、ただの一歩もセンターの外に出なかった人だ。おまけに数日後にはアキの二次、僕の三次面接も予定されている。他にも多くの子どもがペイントを控えているし、両親候補と模擬合宿をしている子どももいた。そんなときにセンターを空けるとは。

「パク、何があったんだ。お前もペイント控えてたよな？」

「僕も初めてのペイントの予定なんだけど」

「なんで急にセンターからいなくなるんだろう？」

「実績が悪いせいで再教育受けに行くんじゃないの？」

「こないだ受けたばっかでまたかよ。それに言ってたろ、個人的な用事って」

「もしかして、結婚とか？」

「あのさ、週末にもセンターから出ない人間がどうやって誰かと出会うんだよ」

子どもたちの声がわんわん響いた。パクは壇上から降り、続いてファンがマイクを握った。

「これまで、センター長はセンターのために休むことなく走り続けてこられました。心身ともにとてもお疲れだと思う。戻られるまで、みんなもそれぞれ、父母面接のスケジュールや学習に支障が出ないようがんばってほしい。ではみんな、生活館に戻りましょう」

子どもたちが背を向けはじめた。いくら考えても妙だ。

「兄さん、帰らないの？」

アキが袖を引いた。僕は壇上に立つチェに目を向けた。無表情だった。一人物思いにふけっていた。

「早く行こうよ」

僕はアキに引っ張られて講堂を出た。

「どこか遠くに旅行に行くのかなあ？　海外じゃない？　わあ、ガーディはいいなー。今まで一度も休暇をとってないから、きっと長く旅行できるよね？　休暇ポイントをちゃんと貯めてたんだろうな」

「ポイント？」

聞き返すと、アキがこくんと肯いた。

「そうでしょ？　さすが几帳面なセンター長だよ、ポイントを貯めておいて、いっぺんに……」

言われてみればそうだ。休暇を貯めておけるなら今ごろかなりのポイントだろう。それで悠々とセンターを離れる。

僕は弾かれたように席から立ち上がった。

「兄さん、どこ行くの？　もうすぐお夕飯の時間なのに」

そう、もうすぐ夕食だ。だが夕食よりずっと重要なことがあった。ウィーンという音とともにドアが開いた。僕は急いで走った。

　長い廊下を抜けると、草を求めて移動する草食動物の群れのように子どもたちの列ができていた。ひょっとしたら手遅れかと心配だったが、遠くにノアの姿を見つけた。僕は一息に駆け寄ってバシンとノアの肩を叩いた。急で驚いたのか、ノアは素早く身をひるがえした。本当に見事なポーズだった。僕ら二人の頭の上で監視カメラが点滅した。

「なんだよ?」

「お前、ブルーベリー使い切ってたよな?」

　当然だろ、という顔で、ノアが僕を上から下までしげしげと眺め回した。

「俺にはいっぱい残ってる。全部お前にくれてやる」

「マジで?」

　ノアが驚いて目を丸くした。

「俺ら、友達だよな?」

　ノアがもう一度僕を上から下まで眺めた。どうしてそんな表情をしているかはよくわかる。悪いが、今はこれしか方法がないんだ。

「悪い、本当に。わかってくれ。時間があんまりないんだ」

　僕は頭上の監視カメラを見上げた。

「何をわかってくれって？」

「歯を食いしばれ」

「は？」

「歯を食いしばれってんだよ、この野郎！」

僕は拳でノアの顔を殴った。どたんと音がしてノアが倒れると廊下いっぱいにウィーンという音が響き渡り、赤い警告灯が点滅した。

「ジェヌ３０１、ジェヌ３０１。暴力禁止条項違反、暴力禁止条項違反。今すぐセンターまで来るように……」

マルチウォッチはぴったり六時を示していた。ノアが倒れたまま、うううっとうめき声を上げた。

「あうっ、おい、なんだよ、てめえ！」

「許せ」

僕は急いでムービングウォークへ走った。

「何もしていないノアを、なぜ殴った？」

「リモートスルームがセンター棟に移ったっていうんで、見学しに来ました」

「君は今、私をからかっているのか？」

ファンが腕組みをしたまま険しい目で僕をにらんでいた。僕はファンに気づかれないように棚の上のいくつかの箱を盗み見た。あのうちのどこかに……。

「マルチウォッチ、没収」

ファンに命じられ、僕はマルチウォッチを外した。

「なぜノアを殴ったか、正確な理由を書くように」

ファンは机の上にボールペンと紙を一枚置くと、夕食をとりに出ていった。ドアが閉まった。壁にかかっている時計は六時十五分を示していた。

僕は空白の紙を見下ろした。ノアがチェとパクの言い争いを耳にした時刻は午後六時三十分。残り十五分だ。そのとき、ウィーンとかすかにドアの開く音がした。カツカツという足音も聞こえた。僕は急いで棚に乗っていた箱を引っかきまわした。そしてすぐに見つけた。箱の一つに入っていたリモコンを。

セキュリティボタンを押した。特殊合金製のドアの真ん中がするすると透明になり、執務室で座るパクの姿が現れた。パクを見るなり胸の片隅がチクリと痛んだ。してはいけないことをしていると良心が叫んでいる。にもかかわらず、僕はシステムドア機能がオフになるたびにセキュリティボタンを押し続けた。

机に向かっていたパクが立ち上がり、窓の外を眺めた。苛立ちと不安の気配が漂っていた。休暇で留守にする人の顔ではなかった。

そのとき、低いメロディが流れてパクのマルチウォッチが点灯した。突然宙にチェのホログラムが浮かび上がった。

「今日は、報告は結構です」

チェが話し出す前にパクはそう言うと、すぐにホログラムをオフにしてしまった。パクがごくりと唾を飲みこんだ。それじゃダメなんだよ！　チェが来なくちゃ。そしてパクに聞いてくれなきゃ。チェがいなければ僕がここに来た意味もなかった。これからどうする？　ひょっとしてファンは知らないだろうか？　彼に聞いてみるか？　口がかたいことではファンも並ではない。万が一知っていても教えてくれるはずがなかった。このままパクを見送らなければならないのか？　世間が休暇シーズンであればあるほど、パクはセンターにとどまり子どもたちの世話をしていた。子どもたちにとってパクは頼りがいのある父親みたいな存在だった。子どもの言葉に耳を傾け、心を開くまで待ち、ためらう子には自分から近づいてゆく人だった。パクがいなくなりそうで怖かった。ずっと、戻ってこなそうで……。

そのとき、ウィーンと音がして執務室のドアが開いた。案の定、チェが許しも得ずに入ってきた。

パクは予想していたようにチェに向き返った。

「今日は報告はいらないと言ったつもりですが」

「報告すると言ったつもりはありません。こちらの話を聞く前に画面をオフにされましたよね」

チェは今にも大声を張り上げそうな勢いだった。

「他の用件はないと思いますが。下がってください」

「この大事な時期にセンター長が留守にするのに、他に用件はないって言うんですか？」

「ファンに引き継ぎました。もちろん他のガーディもいますし……」

「先輩」

先輩？　先輩だ？　ＮＣでそんな呼称は使われていない。つまり、二人はセンターで初めて出会ったわけじゃないということか。チェを見つめるパクの顔に当惑の色がありありと浮かんでいた。

「ここはセンターです。丁寧な言葉づかいをお願いします」

ガーディたちは誰もが丁寧語でやりとりしていた。センター長を除き特に職級や肩書もない。センター長のパクだって、やはりどの職員も下に見てはいなかった。チェがちらっと手首にはめたマルチウォッチに目をやり、突然意味不明の笑顔を浮かべた。

「退勤時刻まで後三十分ですね。明日三十分早く出勤することにして、今日は早退します。さあ、今から私は部下じゃないでしょ？」

「ガーディ」

「部下の職員じゃありません。悔しかったら先輩もタメ口にすれば？」

にたりと笑うチェに、パクが呆れたように首を横に振った。普段からチェはセンター長のパクをよくからかっていた。

「わかった。用件は何だ」

パクの上ずった声が水に溶いたインクのように広がった。彼はもう冷静なセンター長ではなかった。

「ようやく話ができるね」

長いため息を吐き出したところを見ると、チェも緊張していたらしい。

「私、学校を卒業してすぐにガーディアン試験を受けた。先輩の影響がなかったって言ったら嘘になる。子どものそばにいて力を貸す、いいガーディになりたかった。一生懸命勉強して、最終試験では最高点もとった。なぜだかわかる？」

そうか。二人は大学で知り合ったのか。言葉づかいや目つきからして、チェとパクは僕の想像以上にお互いをよく知っているらしい。他のガーディが気兼ねしていても、チェだけはしょっちゅうセンター長をからかったり突っ込みを入れたりしていた。少し意地悪にも見える言動がなぜチェに可能だったか、はじめてわかった気がした。

「最終試験で最高点をとったただ一人が、自分の希望の勤務地を選べるから。ファーストやセカンドセンターの女子がいるGにはほぼ百パーセントの確率で行けた。本当に、一生懸命がんばったしね。一番じゃなきゃ意味がなかった。そしてここ、ラストセンターを希望した。それも実績が低いことで有名な最悪のセンターを。最終試験で最高点をとってここを希望した人って、今まで二人だけしかいないよね？　私、そして先輩」

なぜチェがここ、男子が集まるセンターBに来ることができたのか不思議だったが、やっと疑問が解けた。

「どうして来たか？　最悪のセンターと名高いここに」

チェが凛とした表情でパクを見た。

「一番つらい思いをしている子どものそばにいたかった。親を見つける、それも十年以上センターでだけ暮らした上で親を見つけるって、ただもうれしくて楽しいってばかりじゃないよね。実績が悪いっていうのは、親との出会いに不安を感じている子どもが多いって意味だし。そのぶんますます愛情を必要としている子どもが多いって意味だから」

少し息を整えて、チェが続けた。

「どこに行くつもり？」

チェの問いに、パクはしばらく言いよどんでいた。

「海外に、行ってこようと思う。NCセンターと同じ機能のところを訪ねようと。細かい日程は決まってないが、今から準備を……」

「先輩」

パクらしくない口ぶりに、チェが言葉を遮った。見たところ、パクは何かに追いつめられているように不安げで落ち着きがなかった。チェがさらに一歩パクににじりよった。

「本当に行きたいところは、そんなところじゃないんでしょ」

「……」

「最後に、会いたいんじゃないの？」

「なんの話だ」

僕がそう聞きたかった。パクは何を決心しているのだろう？　僕とアキがいつも知りたがっていた何かが、ゆっくりと水面に顔を出そうとしていた。そのときシステムドア機能がオノになり、僕はまたリモコンのセキュリティボタンを押した。

「先輩のほうが、よくわかってるはずだよ」

「いや。わからん」

パクの顔は苦痛に歪んでいた。

「先輩。どうして私が先輩の後を追ってガーディ試験を受けたと思う？」

「……」

「お酒が入ると手あたり次第に物を投げつけて、割れたガラスの破片でたった七歳のちっちゃい息子を脅していた暴君。酔いが覚めれば、自分のやったことに怖気づいて土下座するくせに、いつもその場限りで、夜になるとまたお酒に溺れる人。まともに食べられず、眠れず、痩せっぽちの小さな息子相手に、さんざん不満や文句を浴びせかけていた病人。先輩のお父さん……。そういう環境で幼い先輩がどんなにつらかったか。何度も想像した。私の手で、とんとんってあげたかった」

僕は両手で口を塞いだ。頭がぼうっとした。パクは、誰よりも原理原則を重視する親のもとで成長したのだろうと考えていた。模範的で仲睦まじい家庭に暮らしたのだろうと思いこんでいた。自分を犠牲にしてまで子どものために最善を尽くすパクから、不遇で悲惨な子ども時代は想像できなかった。

だがふと、だからこそ彼はここに来たのだろうと思った。子どもたちに最高の親を紹介しようと誰よりも一生懸命になり、ただの一人も子どもがつらい思いをしないようにと願う。そんな彼の心は、大人になりきれなかった子ども時代の傷をかばい、受け止めようと必死だったのだ……。

胸を衝かれるような衝撃に呆然としていたとき、システムドア機能がオフになった。僕はもうリモコンを押さなかった。これ以上両目でパクとチェを正視することはできなかった。座ったまま、ドアの向こうから聞こえてくる言葉にどうにか耳を傾けるぐらいしかできなかった。

「だね。どこでもいいから行っといでよ。それで先輩の気持ちが楽になるなら。あの苦痛を忘れられるなら」

「……そうだ。恐ろしかった」

パクが、震える声でつぶやくように言った。

「足音がしただけで、酒のにおいがするだけで、怖くて息ができなくなった。オヤジは俺にとって巨人で、怪物で、悪魔だった」

「……」

「そんな怪物が、いまや老いさらばえた病人で、ガリガリのミイラみたいになってたよ」

パクはその、老いて病気の、抜け殻だけの父親と会ってきたのだった。僕の二次面接の日に。

「医者が言っていた。後一か月は持たないだろうって」

風の音のような笑い声を上げると、パクは続けた。

「それを聞いて妙な気分だった。あんなにオヤジの死を望んでいたくせに、どうかこの世から消えてくれって願っていたくせに、なのになぜ笑いが出ないんだ？」

自分に問いかけているようだった。

「行けばいい。行って、そばにいてあげて」

「俺がなぜ？」

パクが冷たい声で聞き返した。

「そうしたいんでしょ？」

「よしてくれ。俺は疲れてるんだ。何より……」

「赦せって言ってるんじゃない」

赦し？　赦せるか？　いや、赦さなきゃならないのか？　父親だという理由で、老いて病気だということを言い訳に、死が近いというせいで……それほどの虐待をしていた父親を赦せるだろうか？　いったいなぜ、誰のために？

「あの人のためじゃない。わかってるでしょ、先輩」

チェの声は湿っていた。

「先輩のためにだよ」

そう言うと、チェはしばらく言葉を継げずにいた。今チェの前にいるのはセンター長でもガーディでもなかった。酒に酔って殴りかかる父親を恐れ、押し入れの中で息をひそめる小さな子どもだった。ゴクッ。喉を引っ掻くような生唾に、僕は自分でも気づかないうちに唇をかみしめていた。チェが再び口を開いた。

「先輩、もう逃げなくていい。もう誰も、先輩にひどい扱いをすることはできない。世の中の誰も、先輩を苦しめることはできない」

短い沈黙の後で、パクが言った。

「逃げないさ」

「……」

「赦すってことでもない」

「そうだね」

パクの声は小さく震えていた。おそらく彼はいつものように、拳をぎゅっと握りしめているのだろう。

「でも、最後に一つは見せてやりたい」

「……」

「俺はあんたとは違うってことを」

見えないが、チェは強く肯いているはずだ。

「あいつのためじゃない」

「……」

「自分のためだ、自分のため……」

二人はそれ以上何も話さなかった。停止ボタンを押したように世界が動きを止めてしまった気がした。一瞬のうちにたくさんのことが頭をよぎった。生物学的な親が誰か知らないだけで、僕には傷つけられた子ども時代というものはない。パクの痛みはまるで見当がつかない。なのに、パクがあじわったつらい瞬間を肌で感じられる気がした。何より恥ずかしかった。パクとチェ、アキとノアの前で、偉そうにうそぶいていた自分自身が……。

「世の中のどんな親も、事前に完璧な準備なんてできないじゃないですか？」

「親を決める選択権は全面的に僕らにある、ですよね？」

どくんどくんいっていた心臓が次第に落ち着いてきた。胸の中を冷たい一陣の風が通り過ぎたようだった。人々がNCセンターを誤解するように、僕も僕だけの枠に世界を閉じ込めて、それがすべてだと思いこんでいた。枠の向こうを想像しようとしなかった。今まで僕はそんな目線で、何でも勝手に評価してきたのだ。

空白の紙のように真っ白な壁を見ているうち、白く広がる雪原を思い出した。ぼんやり海を眺めていたパクの目には、果たして何が映っていたんだろう。子どもたちを広い胸で抱きとめてくれる海だったろうか。それとも、寂しい島の片隅を削り取る荒々しい波だったろうか。

なぜパクが、センターにやってくるプレフォスターにあれほど厳格な物差しを当てていたのか、やっとわかった気がした。二度と自分と同じような子を出したくなかったのだ。親に傷つけられ、虐待された記憶は一生ついて回るから。ひょっとするとそれは、NC出身というレッテルよりもはるかに耐えがたいかもしれない。

パクは強い人だった。あれほどまっすぐな心を持つ大人に成長したことだけでもわかる。それがたやすくないことぐらいはわかる。心が鋼鉄《はがね》のように強くなければ難しいはずだ。だから、僕らのセンター長はきっと明るい顔で戻ってくる。自分がいなくてはならない場所がどこか、ちゃんとわかっている人だから。この世の誰よりも、強い人だから。

僕はボールペンで一行ずつ書いていった。アキ、ノアの顔を思い浮かべて。手で字を書くのは久しぶりだった。言葉にできない話が砂のようにこぼれ落ちていった。

パクがいなくなってから、いつのまにか一週間が経っていた。センターは前と変わらず慌ただしかった。たくさんのプレフォスターがセンターを訪問し、子どもたちはペイントの準備に追われた。自分の人生をまったく別の色に塗りかえてくれる誰かを見つけるため、そして家庭という囲いを、きれいにペンキ塗りするために……。僕はたまにセンター棟の建物を眺めた。パクは父親にどんな話をしただろう。パクの父親は、赦しを乞うただろうか。彼の旅は今も続いている。

パクの不在を埋めるように、チェは以前の何倍も仕事に打ち込んでいた。週末もセンターに残って子どもを世話し、管理した。時間が経つにつれどんどん感情を表に出さなくなった。なんとなくパクに似てきた感じがした。

ペイントの二次面接も無事に終わり、アキはもうすぐ行われる三次面接を待っていた。

「思ってた通り、二人の手はあったかかったよ。おばあさんは髪を染めてた。最初のペイントのときは、ありのままを見せたいって何もしないで来たんだけど、今はぼくに少しでも若く見られたくなったんだって。おじいさんはもうキックボードを習ってるんだ。周りの友達には何をいい年してキックボードなんてって言われるけど、気にしてないんだって。気をつけてくださいねって言っといた。サポーターもつけてるし大丈夫だって。そうだ、おばあさんがね、紹介書に書いてある以外に好きな食べ物はあるかって聞いてくれたよ。二人とも前より何倍も忙しくなったけど、それが楽しいって」

アキが、ぺらぺら自慢する途中でちらりと僕の様子をうかがった。

「ごめん、ぼく、自慢ばっかりしてた？」

こいつ、またしょうもない心配をしてる。

「いやあ、考えただけで気が重いな。俺は、誰かにそういうふうに気をつかわれると息がつまるけどな」

ぶるると身を震わせて見せると、すぐにアキが目をキラキラさせる。

「ええーっ、なんで重く感じるの？　自分のために何かしてくれるのってすてきだよお。兄さんってホント、親への否定的な見方でいっぱいなんだね」

「お前は幻想でいっぱいだしな？」

「幻想？　事実だってば！」

よかった。アキの言葉が幻想ではなくすべて事実で。二人がどれほどアキを好きか、感じることができた。誰かを知っていくということは、それほどの時間と努力を要するのだ。ひょっとしたらそれこそが親子の関係で最も必要なことかもしれなかった。

「だけどさ、兄さんはなんで何も言わないの？　あの人たちのこと気に入ってるんでしょ？　ちょっと話してよ」

アキの言う通り、僕もやはり三次面接を控えていた。あの二人は忙しくてしばらくセンターを訪問できず、代わりにホログラムの映像を何本か送ってよこした。あいかわらず言葉を慎重に選ぶのが苦手らしく、あっけらかんと自分たちの考えていることを話していた。

「もしもジェヌ、君と家族になったとしても、誰も君が実の息子だって信じてくれないと思うんだ。二人のあいだに生まれるような顔じゃないもんね。君はなんていうか、少し高級な顔っていうか？」

「それどういうことよ。ジェヌの顔が高級顔なら、こっちは安物顔ってこと？」

その日、僕が飲みかけのコーヒーを吹き出さないようにどれだけ努力したか二人は知らない。お手上げといわんばかりに黙って座っていたチェの表情も、やっぱり同じように愉快だった。どっちみち三次面接ではガーディ抜きでプレフォスターと話ができることになっている。ほぼ最終段階だ。彼らを家族として受け入れるか拒否するか、選択しなければならない分かれ道に差しかかっていた。ハナとヘオルム、二人と一緒にセンターを去れば、僕は新しい名前と学生生活を手に入れ、ＮＣ出身という烙印は消え去る。条件が許せば大学にだって行けるはずだ。

「気に入ったから会ってる、ってことでいいんだよね？　なんか、ぼくより兄さんのほうが先にセンターを出ていく気がするな」

果たしてそうだろうか？　確信はなかった。

「そうだ、あの噂、聞いた？」

「なんの噂だ？」

ベッドに寝っ転がって足をばたつかせていたアキが、むくっと上体を起こした。

「どっかのセンターで、ある子どもにペイントの準備をさせたの。だけどプレフォスターのホログラムは見せてもらえなかったんだって。事前の情報もないし、とにかく会えの一点張りで。ちょっと変だと思ったけど、ガーディが絶対会わなきゃいけないって強く言うから、とりあえず面接にいったら、その子がインタビュールームに入るなり、プレフォスターたちが声を上げて泣いたんだよ」

「ひょっとして？」

「うわ、兄さん勘がよすぎ」

アキが興ざめしたようにまたベッドにどさりと横になった。一度も想像したことはなかった、生みの親が、わが子を探しにセンターへやってくるなんて……。

「変な感じだろうね」

アキがまん丸の目で天井をじっと見つめていた。

「自分を捨てた人たちが、また探しに来たら」

想像しただけでも髪の毛が逆立つ気がした。僕らは国家の子どもだった。新しい親を見つけるまで、僕らを養育し、教育し、世話をする主体は常に国家だ。どこかに生物学的な親は生きているだろうが、それはまるで恐竜みたいなものだった。地球上に暮らして呼吸をしていた生物ではあるが、今は完全に行方をくらまし、滅亡した動物という感じ。

「で、そいつはどんな選択をしたんだって？」

「選択って？」

「生みの親に、ついていったのか？」

「兄さんって賢いように見えてたまにへんてこだよね。そりゃ、もちろんでしょ。生みの親がいるのにNCにいたい？　すぐに退所したってさ」

「なんだよ、ペイントもせずにか？　一か月の合宿生活もなしで？　子ども本人の意見を聞かずに送り出したんじゃないか？」

「実の親子なのは確認済み。また探し出したいって思ってる。他に何が必要なの？」

「十四年以上も他人で暮らしてきた人に、昨日今日でついていくか？　親しくなる時間もないしお互いを知ることもできないのに、遺伝子が同じってだけでママ、パパか？」

「ぼくだってわかんないよ。どうしろっていうの？」

いくら生みの親とはいえ、十四年以上離れて暮らしてきた人たちと、ある日突然一つ屋根の下で暮らさなければならないなんて。まるで、マルチウォッチもナビもなしに見知らぬ街で迷子になるのと同じじゃないか？

「もし兄さんならどうする？」

「俺は絶対に行かない」

「兄さんの思い通りにはならないと思うよ」

親は、産んでやったというだけですべての選択権を持つ。子どもを直接育てるか、あるいはＮＣに預けるか。逆に僕らは違う。

「自分のためだ、自分のため……」

パクが言っていた言葉はどういう意味だったんだろう。この世から消えてほしいと願っていた父親が死にかかっているのに、なぜあんなにつらそうだったんだろう。虐待する父親であっても父親は父親だから、という意味か？　遺伝子を受け継いだという理由一つで？

「ぼく、おじいさんとおばあさんに兄さんの話もしたよ。気難しくて意地悪で、とっても性格の悪い人だって」

「おう、よくわかったな」

アキがペロッと舌を出した。

「ホントはね、あの人たちも兄さんに会ったら、喜ぶと思う」

アキは自分の大切なものを自慢したがるヤツだった。内心うれしかった。アキが大事に思っているのと同じくらい、その人たちにもアキを大切にしてほしいと思った。口笛を吹きながら、アキはまた足をばたつかせている。何をそんなに必死に考えているんだろう、まん丸の目がじっと天井を見つめていた。


インタビュールームには四人以上入室できない。ペイントに参加する子どもとプレフォスター、それにガーディ一名がすべてだった。もちろん、僕は二人のガーディと一緒に面接したことがあるが、あの日はレアケースだった。

「入りなさい」

僕はぽかんとしてアキと老夫婦を眺めた。アキのペイントの日に、なぜ僕までインタビュールームにいなければならないんだ、まったく。

「こっちに来て座りなさい」

チェがイスを指した。インタビュールームに来いという呼び出しを受けて妙に思った。アキのペイントの三次面接が進行中のはずだ。なぜ僕が呼び出されるんだろう？　聞き返してもチェは「すぐに来て」と言うだけだった。

急いで駆けつけた。インタビュールームにはアキと、アキの親になる二人がいた。二人は僕に向けやわらかな笑みを浮かべていた。

「兄さん、早く来て座って。ぼくが特別にガーディにお願いしたんだ。これは兄さんとぼくと、この方たちだけの秘密だからね。絶対言っちゃダメだよ」

僕はこくんと頭を下げ、おずおずとイスに腰を下ろした。

「うちのアキが言っていた通り、とってもハンサムなお兄さんだこと。お勉強もできて、本もたくさん読んでいるんですってねえ。アキの勉強を見てくれて、本当の弟みたいに大切にしてくれるって、どれだけ自慢されたことか」

「うちのアキ」という言葉に、アキが満ち足りたような笑顔を見せる。

「アキは、お二人の話をずいぶんしてました。こんなふうにお会いできるなんて……アキが自慢するのも当然ですね。アキは心がやさしくて、明るい子です。一緒に暮らしていて、僕のほうがいいパワーをもらったんです」

　誰かが言っていた。年をとるほど人格が顔に出るものだと。目元に刻まれたくっきりした皺は、この二人がこれまでどれほどたくさん笑顔を作ってきたかを物語っていた。突き出た手の節は誠実さを、古風だが清潔感のある端正な身なりは素朴さを、証明していた。

「うちのアキ」という一言にこめられたぬくもりは、二人にとってすでにアキが実の孫と変わらないことを意味しているようだった。

「小さな事業所を一つやってましてね。職員の中にNC出身の人が何人かおるんです。他の人たちには言ってませんがね。つまらない偏見を持たれるかと思って。彼らにここのことを聞きました。おかげでこんな愛らしい子に会うことができた」

　おじいさんが静かに笑った。

「アキにいいお兄さんがいてくれてよかった。アキの話では、ジェヌ君も父母面接が進行中だそうだね。どんな方たちかはわからないが、恰好よくて賢いジェヌ君のことだ。きっと大切に思ってくださるでしょう」

「ありがとうございます」

　僕はもう一度頭を下げた。

「そうですよ。素敵なご両親と一緒に、近い将来、センターの外で会いましょうね」

インタビュールームを出ると、チェが後を追って部屋を出てきた。

「二つ、ルール違反をしましたよね」

僕はチェに言った。

「インタビュールームには面接者とプレフォスター、ガーディ以外の第三者を入れない」

チェが腕組みをしたまま、続けろというように笑った。

「インタビュールームには、子どもとプレフォスターだけにしない」

「そう。私は今日、全部ルール違反してる」

「パクが帰ってきたら言っときますよ」

パクという言葉に、チェが弱々しい笑みを浮かべた。

「お疲れさま。戻りなさい」

「センター長のことですが……」

背を向けかけたチェが、再び僕に視線を向けた。

「元気ですよね」

「……」

チェは返事をする代わりに背いた。

「戻ってきますよね」

「おそらく、そのうちにね」

パクだったら、アキが頼みこんでも今日みたいなことは許可しなかっただろう。ひょっとしたら混乱が発生するかもしれないから。パクのことを思うとなぜか胸の隅が重くなった。パクの休暇はいつ頃終わるのだろう。僕は閉められたインタビュールームのドアを静かに見つめてから、ムービングウォークに足を向けた。

秋が過ぎ、センターはすっかり冬の佇まいだった。垣根を取り囲んでいる森は四季を通じて緑だったが、運動場に植えられた木々はどれも葉を落としていた。歩くと足の下で枯れ葉が崩れる音が聞こえた。

「本当にごめん、大事な面接なのに、一人で来ることになっちゃって」

ハナがしょげた顔で頭をかいた。僕は笑いながら首を横に振った。ホログラムのやりとりでさらに少し親しくなり、気がつけば僕はこのプレフォスターを名前で呼ぶようになっていた。ヘオルムはインフルエンザだという。体温に異常があると、センターへの立ち入りは禁止された。外部の人間が持ちこむ感染症の恐れに備え、センターでは衛生管理が徹底されていた。インフルエンザにかかったヘオルムは、完治の診断が出るまでセンターを訪問できなかった。ペイントの日程を延期しなければというチェに、僕はハナと二人きりで会いたいと伝えた。ありがたいことに、ハナは僕の頼みをこころよく聞き入れてくれた。

今日はガーディの同席なしでプレフォスターと話をする日だった。これまでガーディの目を気にして言えなかったことを思う存分話せる。ハナと並んで歩いていると、どういうわけかもじもじしてきた。僕はハナの左側を歩いた。ハナが、左の肩にかけていたカバンを右に持ち替えた。風は冷たかったが、気分は爽やかだった。

「元気でしたか？」

僕が質問すると、ハナがいい笑顔を見せた。

「いざ文章を書こうとしたら、思ったほどラクじゃなくてね。でも、前よりずっといろんなことを考えられるようになった気がする。いくら文章を書いたり本を読んだりするのが好きって言っても、仕事となるとストレスは半端ないし。私だけの個人ネットワークだったから軽い気持ちで連載してたんだけど、数日前、あるエディターから連絡が来たんだ。出版物として、正式に刊行してみないかって」

「本当ですか？　おめでとうございます」

「うれしいっていうより、ちょっと怖いかな」

「きっとうまくいきますよ」

僕は、今までハナがどんな人生を生きてきたのか、よく知っているわけじゃない。交わしたいくつかの言葉から想像するだけだった。もし彼女が書いた物語が読めたら、ハナをもっと理解できるだろうか。

「そうだ、名前、考えた？」

名前？　聞き返す顔でハナを見た。

「センターを出るとき、新しい名前をつけなきゃでしょ？」

「ああ……」

ＮＣの子どもたちは、親が見つかる前からあらかじめ名前を準備し、暇を見つけては個性的ないい名前を探していた。ハングルにこだわる子もいれば、漢字の意味で名前を探すヤツもいた。センターを出たらすぐにジェヌ、アキ、ノア、ジュンというそれまでの名前は消えてなくなった。もちろん、名前の後ろについている数字もナシになった。まるで母親のお腹から出てきたばかりの子どもみたいに、へその緒を切り落とされ自分で呼吸を始める新生児みたいに、新しい名前を手に入れ、新たな世界に向かって一歩踏み出すのだ。

「うらやましいけどな」

「何かですか？」

ハナは彼方にあるホログラムの森を見つめていた。

「自分の名前を自分でつけられるってことがね。改名とかとは違う感じがする」

「……」

「ハナっていう名前、あんまり好きじゃなかったんだ。小さい頃は幼稚なからかわれ方したし。体育の時間に、先生が一《ハナ》、二《ドゥル》、一、二って号令をかけると、みんな、私を見てくすくす笑ってた」

名前なんか大して気にかけたことはなかった。NCセンターにやってきた月がそれぞれの名前になったから。考えてみれば、センターの外の人たちもさして変わらないのかもしれない。よかろうが悪かろうが親に名前を決められ、大部分は一度決まった名前で一生を過ごすのだ。主《あるじ》の意見を何ひとつ反映していない、その名前で。

「最初の面接のとき、言ってましたよね？」

何を？　ハナが表情で聞いた。

「面接の準備をしてて、母親のことを思い出したって。母親と面接したらどんな感じだろうって思ったって。その理由を聞いてもいいですか？」

ハナは苦々しい表情で白く凍った地面に目を落とした。隠しておきたければ初めから口にしていないはずだ。だから質問した。なぜあのとき、あんなことを言ったのか。

「母さんは、いつもあたしのそばにいた。あたしの手足みたいな存在だった。九歳まで、私を抱っこしてお風呂場に行ってたほどでね。実はあたし、小さいころ体が弱かったの。だから、いつもあたしを過剰に心配して、体にいいことならなんでもさせようとしてた。

バレエも、だからさせた。バランスを整えて、正しい姿勢にしてやろうと思ったんだろうね。あたしの体や頭脳や情緒に役立ちそうなことなら、結局母さんは何にでも手を出した」

子どもの手足のような母親というのは、果たしてどんな存在だろう? ハナの母親は、それこそ娘のために最善を尽くす人だった。だが、当のハナの心は乾ききっていたらしい。

「母さんはあたしに最高の教育を受けさせようとした。実際あたしも、そういう母さんとなんの問題もなく過ごしていた。問題なんか起きっこないよね? 自分が何かを考えて要求する前に、すでに何をすべきか、何を習うべきか、どんな恰好で出かけてどんな発表をするべきか、全部決まってるのに。母さんの未来が、イコール私の未来だった」

ハナが言わんとしていることが何か、少しはわかる気がした。母親はハナの体にいくつもの紐をくくりつけていたのだ。まるでマリオネットの人形のように。

「もちろん、あたしはそういうのを全部母さんの愛情だと思ってた。小雨でも降ろうものなら、自分で車を運転して学校まで送ってくれる人だったし。そんなあたしを他の子はうらやましがったよ。でも、そのうちわかったんだよね。母さんの愛情の本質が何かってことを」

「本質」という言葉に違和感があった。愛情自体が、まさに核心であり本質じゃないのか。母親の娘に対する愛情の奥に、別の理由や原因があるというのは理解できなかった。

「本質、ですか？」

僕が聞くとハナはくすっと笑った。

「母さんは、あまり裕福じゃない家で育ったの。だから、したいこともできなかったし、欲しいものも手に入れられなかった。母さんが小さいあたしにきれいなフリルのワンピースを着せて、ピカピカのエナメルの靴を履かせてたのは、あたしをお姫様みたいに育てたかったからじゃない」

ハナの声はどことなく冷たかった。

「あたしを通じて、代償行為をしたかっただけ」

驚くことに、そう言ったハナの顔に隠しようもなく浮かんでいたのは憐憫《れんびん》だった。僕は何も言わずにハナと並び、歩幅を合わせた。冷たい冬の風が顔を撫でていった。感じることができた。ハナが母親を恨む以上に、母親の人生を痛々しいと思っていることを。

自分が持てなかったもの、叶えられなかった夢を、子どもを通じて実現したがる人がいるのは知っていた。でも、それはあくまでその人たちの夢であり目標だ。いくらハナの母親が最高の環境と最高の教育に憧れていたとしても、それはどこまでいったって母親の夢でしかない。ハナは母親とまったく別の人格で、まったく別の夢を持つ一人の人間だった。

考えこんでいたハナがフッと笑いをもらした。

「学年が上がって思春期になって、あたしは自分に問いかけるようになった。あんた、本当に母さんと一緒に公演を見に行って、母さんが登録したアカデミーでスペシャルクラスを受講して、母さんと一緒に運動するのが好きなの？　って。一人で本を読んだり、静かに空想したりしてるほうがもっと好きなんじゃないの？　そんなふうに」

いつからかハナは、自分の背後に長く伸びた母親という影に息苦しさを感じていた。母親が口癖のように言う「あなたのため」という言葉が、重くのしかかり始めていたのだ。

「母さんはあたしが外交官になるのを望んでた。自分が簡単には行けなかった世界のいろんな国を股にかけてほしいと願ってた。それを知ってようやく、なぜあんなに小さい頃からいろんな外国語を習わせて、それがうまくいかないとイラついてたのかがわかった。あたしは、母さんの夢を叶える代理人だったってわけ」

ひょっとしたら今もたくさんの子どもが、自分の夢ではなく親の夢の代理人として生きているのかもしれない。いや、自分が代理人だということさえ知らずにいるのかも……。

ふと、この前ハナが言っていたことを思い出した。

「結局、自分でやったと思いこんでることも、実際には知らないうちにさせられてたわけでしょ。……だったら記憶ができる前のあたしって、どんなふうに育てられたんだろう？」

完全な自分自身を見つけることは、誰にとっても長い時間が必要だと思う。自分を成しているとと信じていたものが、実は外部に由来しているかもしれないし。僕だってやっぱり同じだ。自分を構成していると思うことの多くは、もしかしたらセンターという特殊なシステムの中で形成されたのかもしれない。見ず知らずの人が友達になるまでにかなりの時間がかかるように、僕が僕を知り、僕と親しくなるまで、そんなふうに自分で自分を理解するようになるまでには、かなりの時間と努力が必要なのだろう。

「母さんと自分を切り離すまでにはかなりの時間がかかった。母さんはそういうあたしにひどい裏切りを感じてたと思う。あたしのために全人生を犠牲にして常に最善を尽くしてきたのに、あたしときたら、もう母親なんかいらないって感じだったしね。そうすればするほど、母さんじゃなくて自分の人生に進めている気がしたし、考えてみたら独立する年齢でもあった。ごく自然な変化だって思った。でもね、そのとき、ある大事なことに気づいたんだ」

「なんですか?」

「あたしが母さんから、精神的、経済的に独立する必要があるように……」

「……」

「母さんもやっぱり、あたしからの独立が必要なんだってこと」

独立というのは、成人した子どもが親元を離れ、自分の力で生きていくことを言うのだと思っていた。しかしハナの言うように、もしかすると親もまた、子どもからの独立が必要なのかもしれない。子どもがそっと自分の姿で生きていくことを、自分への裏切りではなく喜びと思うこと。親が、子どもから真に独立すること。

再び歩き始めた。ハナは僕と一定の距離を保って横を歩いていた。家族というのも、ほどよい距離で見つめる人のことをいうのかもしれない。「ほどよい距離」とは、視界に入っていても対話は難しい距離、ぐらいの意味だ。それが親子の心の距離じゃないだろうか。お互いが見えていても、話しこむのは難しい距離。ハナの話を聞きながら、僕は彼女の母親のこともわかる気がした。だから気の毒だった。娘に、外交官として世界を飛び回り活躍する女性になってほしかったのだろう。でも、外交官になることより大事なのは娘の幸せじゃないだろうか。多少姿勢が悪くても、外国語があまりできなくても、ハナ本人が幸せならそれで十分と信じるべきではないのか。

「科学の授業で摩擦について習ったことがあるんです。摩擦って、接触しあっている物質のあいだに作用する力で、いつも運動方向とは逆の向きにだけ生じるって」

「ごめん、あたしそっち方面、苦手なんだ」

ハナが降参するように両手を上げた。

「人の心と心のあいだにも、きっと摩擦ってあると思うんですよ」

あまりに近すぎると衝突する家族みたいに。

「摩擦の原理を知ってる人だったら、できるだけ衝突を小さくできるんだろうね？」

「理論と現実って、明らかに違いますけどね」

僕とハナは同時に笑った。風が吹き、僕ら二人の髪を乱した。ハナのほほえみは穏やかだったし、自分の文章を書こうと決心した人生もまた堂々として見えた。

「僕みたいにすっかり大きくなった子と暮らすのって、ラクじゃないと思いますよ」

「だね、そう思う。ラクじゃないよね」

ハナは肩をすくめるとポケットに手を入れた。

「ヘオルムと話したんだ。あたしたちみたいに未熟な人間が、君にとっていい親になれるか？　正直、自信はない。すごくがっかりさせると思う」

「僕にがっかりするかもしれないですしね」

かもね、という表情でハナが笑った。

「親って何なんだろうって考えた。君みたいに成熟した十七歳の男の子の親。そして、ヘオルムとあたしはこう思った」

「……」

「あたしたちが、必ずしも親になる必要がある？　ただの友達じゃダメ？　十代って、親より友達のほうがもっと大切じゃない？　親には言えない話だって友達には話すでしょ？」

ハナは言葉を続けた。

「あたしが親友って呼べる友達は、みんな高校時代に出会った子なんだよね。つまんないことにもすぐ興奮する十代で、ささいなことにも笑って、大騒ぎしてた。今なら顔を見ただけで、この子また何かあったなって一発でわかるけど、仲よくなるまでのぎこちない感じは忘れられないよ。時間が経って、お互いの名前を知って、付き合ううちに親しくなって。もちろんケンカもしたよね。がっかりしたことも、絶交まで考えたこともあった。でもね、結局はお互いが世界で一番理解しあえる親友になった」

ハナが僕に向きなおった。

「一つの家族になってうれしいときもあれば、後悔するときもあると思う。君も同じだよね。でも、時間が経てば変わるはずなの。顔つき、声だけで、お互いにどんな問題が起きてるかわかるぐらい親しくなれる。そうなるまでに、ものすごくたくさん時間は必要だよ。あたしと友達がそうだったようにね。ヘオルムと夫婦になったとき、やっぱりそうだったように」

「二人が両方とも、僕を望んでいるんですか？」

ハナは迷うことなく肯いた。どこかで鳥の鳴く声がした。

「でなきゃ今ここにいないよ。君はどう？　この面接が終わったら、あたしたちと一緒に合宿生活をしたい？」

三次面接を経て合宿まで済ませたら、僕は本当にセンターを去り、ハナとヘオルムが住む家に行くことになる。もちろん、僕のＩＤカードからはＮＣ出身という記録が削除されるはずだ。だけど……。

「申し訳ないんですが、面接は今日で最後にします。合宿をするつもりは、ありません」

ハナが少なからず驚いた目で僕を見つめた。僕が合宿生活を拒否したから驚いているのか、それともガーディを介さずに直接通告したから驚いているのかはわからなかった。それでも最後の挨拶ぐらい直接自分の声で伝えたかった。ひょっとしたらそのために、僕はこの場に来たのかもしれない。

ハナが苦笑いを浮かべた。

「だよね、君みたいに賢い子が、あたしたちを親だと思って暮らせないよね……」

「違います、お二人は僕が今まで面接で会ってきたどんな人よりも理想的な親でした。お世辞じゃありません。ガーディを通じて伝えたら、どうしても僕の本心がわかってもらえない気がして、このことは絶対に自分の口で言わなきゃって思ったんです」

なのに、なぜ。ハナがそんな表情で僕に言葉を促した。

「僕はまだここを離れたくないんです。ここでもっと学んで、生活をしたいって思っています。あらかじめお話しすることができなくてすいません。でも、僕がずっと面接を続けてきたのは、心底二人の話が聞きたかったからなんです。ふざけてたとか気が変わったとかじゃありません」

僕はハナに向かって深々と頭を下げた。

「実はね、面接が進んでるあいだじゅう、いろいろ考えたんだ。最終面接が終わってもいないのに、早々に自分たちが直すべき点、よくない癖みたいなものをチェックしたりして。子どもを産むべきか、産まないべきかって悩んだのとはまた別の問題だった。あたしたちにとっても勉強とふりかえりの時間になった気がする。むしろ、あたしたちのほうが君に感謝するべきだと思うけど？」

ハナが片目をつぶって見せた。予想した通り、ハナはすべてを理解してくれた。ガーディたちの心配とは逆に、未熟ではない人たちだった。不安を抱えているわけでも、準備不足なわけでもない。ハナとヘオルム。二人と会っているあいだ、僕は肌で感じていた。小さかろうが大きかろうが、「家族」という社会がどれほど複雑に、かろうじて、成り立っているものかを。

「ひょっとしたらと思ったんだけど、持ってきといてよかった」

ハナがバッグからごそごそと何かを取り出した。

「今回は、プレゼントしてもいいんだよね？」

僕はハナが手にしている額縁に目を落とした。明るく笑う僕の顔が見えた。ヘオルムが描いたものだった。

「出がけに、ヘオルムが絶対に渡してくれって言ってね。それと、こんなこと言っていいかどうかわかんないけど……」

ハナが照れくさそうな顔でしばらく周囲をうかがうと、耳元に囁いた。

「額を開けたら、絵の裏にあたしたちの電話番号と家の住所が書いてある。ヘオルムが書いたんだよ」

ペイントが決裂すれば、子どもとプレフォスターは一切連絡先を交換できなかった。マルチウォッチの番号はもちろん、住所やメールアドレスなどを知らせることも徹底して禁止されていた。

「センターを卒業したら、本当に訪ねていってもいいですか？」

「もちろん。あたしたち、本当の親友になるんだから」

ハナが子どもみたいに無邪気に笑って付け加えた。

「親よりよっぽど、仲良し！」

僕はヘオルムが描いてくれた僕の顔をぎゅっと抱きしめた。小さな額からぬくもりが伝わってくる気がした。

少し散歩をしただけだと思っていたら、とっくに二時間が経っていた。早く時間が過ぎるのは、それだけ会っているのが楽しいという意味だ。チェは僕らを微妙な表情で眺めていた。心配半分、期待半分が入り混じった顔というか。

「散歩は楽しかったですか」

「ええ」

ハナが僕を見て片目をつぶった。

「ジェヌ301は？」

「僕もです」

僕も、ハナに向かってにっと笑った。

「では」

チェが近づいてきた。別れの時間が来たという意味だ。ハナと僕は向き合った。

「次回日程は追ってお知らせします」

ハナが肯いた。

「お気をつけて」

チェが声をかけても、ハナはその場に立ったまま僕をやさしく見つめるだけだった。長く記憶に刻みつけようとするまなざしだった。チェがコホンコホンと咳払いをしてハナはようやく我に返り、僕に言った。

「えっと……一度抱きしめていい？」

僕は手に持っていた額を下ろした。ハナがしっかり僕を抱きしめてくれた。どくんどくんという心臓の音が伝わってきた。

「待ってるからね、友達《チング》」

ハナの言葉に、僕は頭を上下に振った。今まで僕を抱きしめてくれたプレフォスターはただの一人もいなかった。ハグが可能な段階までペイントが続いたことはなかったから。ハナは僕と二人きりで散歩し、抱きしめてくれた唯一の大人だった。いや、友達だった。名残惜しそうにもう一度目で挨拶をすると、ハナはセンターを去っていった。チェがしきりに首をかしげて僕を見た。

「君のそんな姿は初めてだね」

「僕がどうだっていうんですか？」

「そうやって明るく笑う姿。プレフォスターにこれほど心を開いたのも初めてでしょ？」

僕はテーブルに置かれた絵をじっと見つめた。これを描くために、ヘオルムはかなりの時間をかけたはずだ。才能というのは、どれほど上手かではないらしい。絶対に止めないこと。それが才能らしい。ケンカして、言い争って、毎日のように傷を負って、にもかかわらず別れない家族のようなもの。いや、それは家族という囲いを越えた何かじゃないだろうか。

チェはマルチウォッチで合宿所情報を調べていた。

「今プレフォスターと合宿をしている子は十人か。君は、いつぐらいに合宿を……」

「しませんよ、合宿」

チェが驚愕のまなざしで僕を見た。

「今なんて言ったの？　私の聞き間違い？　にっこり笑って戻ってきたのをこの目ではっきり見たんだけど？」

「聴力も視力も非常に正常だと思います」

「散歩してるときに変な話でもされた？」

「いえ、散歩は完璧でした。言ったじゃないですか、何もなかったって」

「じゃあ何が問題なの？」

「問題はありません。いい人たちです。残念ながらもう一人とは会えませんでしたけど」

チェは頭痛がしてきたのか顔をしかめた。

「君の目には、私がそんなに暇そうに見える？」

パクがいなくなってから、チェは一日二十四時間を分刻みに近いくらい忙しく過ごしていた。子どもたちのボディチェックの予定も組まなければならないし、プレフォスターからの書類も検討しなくてはならないし、ペイントの日取りを打ち合わせて子どもたちのホログラム作りも進めなければならない。ただチェだけが忙しいのではない。ガーディはみんな忙しかった。その状況で、冗談でもガーディの気がかりを作ってはいけないことはわかっていた。

「……ここまでにしようと思います」

チェの顔に、まったく解決になってないというクエスチョンマークが浮かんでいた。

「私の知っているジェヌ301は、思ってもないことは絶対に言わない。また会おうねってプレフォスターに挨拶されて、お世辞でもハイとは答えないのがまさに君だよ。私ははっきり聞いた。待ってるからね、友達。そして君は肯いた。あれはなんだったの？」

「嘘じゃないです」

「だったら？」

チェが眉を吊り上げた。

「もしかしたらあるかもしれないじゃないですか。僕らが遠い将来、本当に友達になるってことが。親よりよっぽど仲良しの友達にです。違いますか？」

「ジェヌ３０１」

「はい」

チェが長いため息をついた。

「私は君についていろいろなことを知っている。いつセンターに来たか、身長と体重がどれくらいか。おまけに骨密度まで。週末は主に何をしてて、誰と仲がいいかも。その気になれば今まで読んだ本の目録だって見ることができる。でも……」

まさか僕の寝言の中身まで知ってんじゃないだろうな？　うわ、想像しただけでもゾッとする。

「実際は、君のことを何ひとつわかってなかったわけか」

「……僕も、僕がよくわかんないですよ」

僕も、自分自身になじみのないものを感じていた。

「君は私に、さらに時間を与えてくれたんだね」

不意にチェが笑顔になって言った。

「より君を理解する時間を」

「僕も同じです」

目礼をして額縁を胸に抱いた。これでペイントは終わった。改めて額縁からぬくもりが感じられる気がした。僕を抱きしめてくれたハナの、温かい胸のように。

「いったいなんなの、結局、ガーディたちをからかってたんじゃないさ？　ペイントの三次面接までいったんだよ！　今になってやめる？　じゃああれはどうして受け取ったのさ？　言ってみてよ！」

アキが壁にかかった絵を見ながらひとしきり騒いでいた。絵を壁にかけたとたん、部屋の雰囲気が一変した気がした。こっそり開けてみると、額縁の裏には本当に二人の連絡先が記されていた。誰も知らない秘密だった。

「アキ、落ち着いて話せ」

「あの人たち、なんか失敗をやらかした？　変なこと言われたの？」

アキがじれったそうに立て続けに質問してくる。

「答えはもうガーディに伝えたんだ。やめろ、疲れてるから」

「あの人たち、連絡もらって大慌てするよ。最終面接で、兄さんに思いっきりフラれるんだから」

「いや、二人は両方とも……」

言いかけたがやめておいた。アキはすっかり不貞腐れた顔で壁にかかった絵をにらみつけている。

「ちぇっ。ちっとも似てないや」

初めてプレフォスターからもらった贈り物だった。僕を友達として迎えるという大切な約束がこもったしるし。何が面白くないのか、アキのぶつぶつは一向にやまない。

「兄さんがこんなに明るい笑顔見せる？　ハリネズミみたいな感じなのに」

「お前、ハリネズミの針に一度刺されてみるか？」

僕はがたんと立ち上がって近づいた。アキが鼻で笑った。

「殴るんだね？　暴力罪で訴えるもん」

「おお、なるほど。いいこと言うな。訴えるには、まず殴られないとだろ？」

「兄さんがツンツンしてるのは本当じゃないか！」

アキはここ数か月で明らかに我が強くなった。もうすぐセンターを出て見知らぬ環境、見知らぬ人と暮らすことになるのだから、いいことだった。あいつをかわいがるガーディも、そばであれこれうるさく言う僕もいないところ。アキにとってはまた新しいスタートだった。

僕は冗談めかしてアキの頭をくしゃくしゃにした。

「お前、なんで俺に嘘ついた？」

アキが目を吊り上げ、口を尖らせる。

「ぼくが、いつ兄さんに嘘ついたのさ？」

「お前の親になる人のことだよ。いい人たちだって」

親という言葉に、アキが目を丸くする。

「突然何？　なんなの、なんか聞いた？　ぼく、ガーディからなんにも言われてないのに！」

しどろもどろになっているところを見ると相当ビビってるらしい。そりゃそうだ。今のこいつの関心事は、ひたすら親になるあの二人のことだから。

「お前、とってもいい人たちだって言っただろ？」

アキがごくりと唾を飲みこんだ。

「とってもいい人たち、じゃないよな？」

「……」

「とってもすごく、むちゃくちゃ、たいそう、いい人たちじゃないか」

「もう、兄さん、大っ嫌い！」

アキは怒ったように僕の腕にどんどんと殴りかかってきた。拳はずいぶんときつく、固くなっていた。

「お前、暴力罪で訴えるぞ！」

「驚いたでしょ！　心臓がギクッてしたんだよ」

「アキ」

アキがふくれっつらで僕に顔を向けた。

「この世の中に、最初から最後までいい人っていうのはいない。あの人たちがお前に、いつも明るくかわいくいろって要求してきたら、お前できるか？」

アキは黙って首を横に振った。

「自分にできないことを、あの人たちに強要するな。俺とああだこうだって言い合ってるように、あの人たちともソリの合わないことはきっと起きる。あの人たちのいいところだけを探そうとするな。お前もいいところだけ見せようとするな。でないと、お前とあの人たちはどっちもつらい思いをする」

「わかってる。ガーディにもそう言われた」

一年じゅう晴れた日ばかり期待することはできない。雲や雨、風なくして生き残れる植物があるだろうか。世界は砂漠になってしまうかもしれない。

アキは初めてのペイントでいい人たちにめぐりあった。めったにない幸運だ。プレフォスターに失望させられたことも、彼らを疑ってみたこともない。だが、アキもいつかはわかるだろう。思い通りにならないことはあると。この社会は、僕らが思っているよりはるかに不条理だから。そんな世界で、僕はアキに幸せになってほしい。

「あの人たちに息子がいるって言ってたよな?」

アキがこくんと肯いた。

「その人は生まれたときから親がいるから、なんの見返りもなしに何かを与えられるってことに慣れっこだろう」

目を覚ませば食卓に用意された朝食が、引き出しを開ければきちんと畳まれた衣類が、きれいに手入れされた制服が、夕方玄関のドアを開けると温かい食事のにおいに出迎えられることが、あたりまえだと思っているかもしれない。大人になっても常に親という名のガーディがそばにいてくれるものだと。

「いつも感謝の気持ちを忘れるな。お前が愛情を欲しがっているのと同じように、あの人たちもそうかもしれない」

「兄さんはだからダメなんだ」

アキがチッチッと舌打ちをした。

「そんなにいろいろ気にしてたら、大抵の人を親とは思えないでしょ?」

ペイントで出会う親との縁といったって、たかだか三、四回の面接と一か月の合宿がすべてだ。その短い時間を経て、誰かはある親の子どもになり、誰かはある子どもの親になる。それでも新しい家族ができるのは、何か見えない縁があるからなんだろう。僕らはもっとやさしい親、もっと能力のある親を待っているのではないかもしれない。単に自分と縁がつながっている誰かを待っているだけなのかも。へその緒のような、神秘的な紐みたいな何かでつながる誰かを。

「兄さん、もうすぐ十八なんだよ。わかってるよね、親を見つけられなかったら……」

僕はアキの口にシッと人差し指を当てた。

「まだわからないぞ。明日にでも縁ができるかも」

「兄さんは自慢の息子になると思うのに、なんでまだここに残ってるのかわかんないよ」

「アキ、俺がなんで自分の声をこの部屋に音声登録したか、やっとわかったろ? お前が先にセンターを出ることが、俺にはわかってたんだよ」

アキが今にも泣き出しそうな顔でつぶやいた。

「兄さん、兄さんに一番会いたくなると思うんだ」

会えばいいさ。外の世界なら簡単に言えるはずのこの一言が、ここではほぼ不可能だった。一度広い世界に出れば、よほどの意志がない限り会うのは難しかった。僕らがはめているマルチウォッチは外部の人間が使っているものとは違う。NCセンター内のネットワークにのみ接続されるここのマルチウォッチは、センターの外では無用の長物になった。だからセンターを離れるときマルチウォッチは返納された。NC出身であることをさっぱり消しさった子どもたちは、なるべくセンターのことを振り返らないようにしていた。

「おい、明日にでもオサラバするつもりか？　まだ手続きは残ってるんだぞ。手続きのあいだに何も問題が起きないって誰が言える？　それにわかんないだろ。ノア、あいつみたいにお前も……」

「もう、兄さん、本当にやだ」

「嫌ならとっとと出ていけ。もっと広い世界を見て、もっとたくさんの人と会って、望めばどこにでも行ける、そういう場所へ行くんだ。誰もお前を差別しない、そういう世界に」

ノキは目に涙を浮かべながら唇を噛んだ。

「意地悪したり泣かせたり、もうやめてってば」

「……楽しく暮らせ。俺のこともここのことも、すっかり忘れちまうくらいにな」

もうすぐこいつとお別れだと思うと、熱い塊を飲みこんだように喉が締め付けられた。

そういうときほど笑わなくちゃいけない。悲しんだって何も変わらないんだから。

そのとき、パッと音がして部屋の照明が消えた。暗がりの中に涙をぬぐうアキの姿がちらついていた。ばっちりのタイミングで避難訓練が始まったらしい。廊下に非常ベルが鳴り響き、それぞれの部屋からあふれ出した子どもたちの声ですぐに騒がしくなった。

「あー、めんどうくさいなあ」

「もう後何回もないだろ。廊下の照明がみんな消えてるから、ちゃんとついて来いよ。またこないだみたいに転ばないように」

僕はマルチウォッチのライトをつけた。背後にぴったりとアキがくっついた。三か月に一度の避難訓練は、非常ベルが鳴ると生活館のすべての照明が消され、人体に無害の訓練用の煙が廊下いっぱいに立ち込める。霧みたいなガスだから呼吸するのには問題ないが、視野の確保が難しかった。だからマルチウォッチのライトと赤い非常灯を頼りに、できるだけ迅速に建物を抜け出さなければならない。のろのろ移動していたら夜更けまでガーディの小言を聞かされるだろう。スクリーンを見ていた子どもたち、ゲームをしていた子どもたち、おやつを食べていた子どもたちが急ぎ足で講堂に向かった。退屈な安全教育は拷問と似ていた。少しでも拷問を軽くするには、ガーディたちが求めるスピードで脱出しなければいけない。一人の落伍者も出さずに決められた時間で集合してこそ、即解散命令が下されるのだから。

立ち込めている煙の中から聞き覚えのある声がした。ひっきりなしに不満を言っている口ぶりはノアに違いない。僕はアキを引っ張ってノアの背中にぴったりついた。

「ノア」

暗がりの中から手を出すと、ヤツが驚いてうわっ！　と声を上げた。

「俺だよ、ジェヌ３０１」

「オマエ、ガーディからなんか指令でも出されてるのか？　問題の多いヤツに少し思い知らせてやれとか？」

自分が問題児だという自覚はあるようで安心した。何度も言ったろ。理論ばかり知っていても人生が変わるわけじゃないって。

「最近はオレの顔を一発殴りたくならないか？　お代はブルーベリーでいいんだけど」

そうだな。今度いつリモースルームに行くことになるのかはわからないが、そのときはぜひこいつにお願いしなきゃな。

「いいから、ちゃんと前見て進め」

子どもたちは列になって階段を降りた。長いことやっているから、移動経路は頭の中にすべて入力済みだった。僕らが受けている安全教育は火災を想定した避難訓練だけではなかった。地震や水害、自動車事故などが起きたとき、何をどうしなければならないか熟知していた。おかげで非常ベルが鳴ると体が自動的に反応した。

講堂に到着すると、ガーディたちが慌ただしく人員確認を始めた。二人足りないという声に、子どもたちからは苛立ちまじりのため息がもれた。また何人かが面倒を起こしたんだろう。二人もいないということは、今日もいい頃合いで部屋へ戻れる見込みはなさそうだった。

ガーディたちはマルチウォッチであちこちに連絡を入れ、すぐにファンに二人見当たらないことを報告した。ファンが肯いているところを見ると、二人の現在位置は確認できているらしい。

「二人は今風邪で保健室にいる。つまり全員揃ったということだな？　だが、今回は前回よりなんと五分も集合に時間がかかっている。五分でどれだけ早く火が回るか、わかっているだろう？　センターを退所した子どももいるから人数はずっと少なくなっているのに、さらに時間がかかるというのはどういうことだ？」

今日もお咎めなしでは終わらないらしい。ファンがマイクを握っているから、きっと安全について一席演説をぶつのだろう。あの人たちだって明らかに十代を過ごし、大人のどんな態度が一番我慢ならないか経験済みだろうに、なんで、神話に出てくる記憶をなくす川の水でも飲んだみたいに同じ行動を繰り返すのかがわからない。僕も大人になったら同じようになるんだろうか？　ああ。きれいさっぱり忘れてしまわないように、ちゃんと気を引きしめておかなくては。

「つまりさ、ファンは人間ヘルパーっつうの？　同じ話の繰り返しなんだよ」

ノアがケチをつける。

「眠くてたまんないのに、ホントにもう」

アキがぐずった。そのとき、ガラガラと講堂の扉が開き、壇上に向けられていた子どもたちの目が一斉に扉のほうに向いた。講堂に姿を見せたのはＮＣのセンター長、パクだった。

「ガーディ！」

パクに駆け寄ろうとするアキの首根っこを僕は大急ぎでひっつかんだ。

「何するの、放してよ！」

普段ならそんな真似はしないが、今は状況が……。だが僕がつかんでいられるのはアキ一人だけだった。すでに何人かがパクに抱きついたり、ぶら下がったりしていた。センター長を歓迎したいのはわかるが、パクが今どんな心境かわからないじゃないか。下手に抱きついたり抱きしめたりするのは控えたほうがよくないだろうか。

ところが、パクは駆け寄ってくる子どもたちに両手を広げている。気がつくと僕は安堵のため息をもらしていた。

パクのそばに行き、抱きついている子どもたちを引き剥がした。

「すっかりデカいくせに気色悪いぞ。どけ、離れろ。着いたばかりでセンター長がどれだけ疲れてるか。挨拶は後でいくらでもできるだろ」

「いいんだ、ジェヌ301」

普段パクはめったに感情を表には出さなかった。しかし、今僕の目に映る彼は、これまでのどんなときよりも穏やかでリラックスした姿だった。耐えがたかったり、苦しかったりの旅ではなかったようだ。安心した。

「……ちゃんと、行ってきましたか？」

パクの顔に複雑な笑みが浮かんだ。

「ああ。ずいぶん長いこと留守にしたな」

「おかえりなさい」

僕は、壇上のチェに目をやった。ガーディ全員が降りてパクを出迎えているのに、ただ一人チェだけが身動きもできずその場に立ちつくしていた。少し離れた場所からでもちゃんと見えた。チェの顔に浮かぶ笑顔が。先輩、おかえり。声にならない挨拶が聞こえるようだった。

厳しい冬のさなかだった。寒さの時期が過ぎれば、ホログラムではない本物の緑の森が目を覚ます、すがすがしい春がやってくるはずだ。

合宿を終えた子どもが何人か、親になる人とともにセンターを去っていった。教室は歯が抜けたみたいにぽつぽつと空席が目立った。どの人もいい親でありますように。心から願った。

「オレさ、近いうちにペイントするわ」

ノアが机にどさりと腰を下ろすと、やる気のなさそうな声で言った。

「よほどでない限りオーケーしろよ。もうすぐ十八なんだから」

僕の言葉に、だるそうに伸びをしたノアが乾いた笑いをもらす。

「オマエに言われる筋合いじゃないよ。とにかく、オレはこれからこうするの。親がオレのおかげで政府から追加の支援金をもらって、年金も受け取れるっていうんなら好きにすればいい。代わりにオレは、女子と自由に会って、VRルームにも思う存分通って、適当に妥協して暮らそうって。何よりもうペイントはうんざりなんだ。これ以上大きな期待は持たないことにした。プレフォスターだってこっちに大きな期待はしてないみたいだし。で、ちょっと考えたんだけどさ……」

ここにきてノアは何をあれこれ考えているのだろう、別人かと思うほどだ。

「今度は何だ？」

尋ねるとノアはへらへらと笑い始めた。

「外で暮らしてみたら、実の親のもとで育ったやつらもオレらと大して変わらなかった。親とのほうが他人より居心地悪いってケースもあったし、しょっちゅうもめてるし。親に望むことっていったら、頼むから毎朝小言を言わないでくれ、一日一時間はＶＲルームにいさせてくれ、友達とくらべないでくれ、こっそりマルチウォッチを覗かないでくれ。まあ、そんなとこだよ。一言でいえば、親には期待してないってこと。そういう相手がもしプレフォスターとしてここに来たらどう思う？　誰がペイントする？　即バイバイだろ」

ノアの話に、僕らの親選びは親が子どもを持つことと似ていると思った。誰だって自分の子には、ものすごい天才とまではいかなくても人より賢くあってほしいぐらいの気持ちを抱くだろう。そういう幻想が蜃気楼みたいに姿を消すまでに、さして時間はかからないはずだ。子どもが学校に入って、学年が上がって、体が大きくなるほどに親の望みは素朴なものになっていく。ただよその子と同じなら。ただ健康なら、ただ人並みなら……。

僕らが親になる人に抱く期待もそれと変わらない。少なくとも自分が出会う親ぐらいは、心から子どもを大切にし、経済的に豊かで、知性と教養があって、完璧な人であってほしいという期待。だが、何度かペイントを重ねるうちにわかってくる。僕らも彼らも少しずつハードルを下げ、ある程度の妥協は仕方ないと思うようになる。

「おい、そういえばセンター長だけどさ」

「どうかしたか？」

速攻で聞き返すと、ノアはなぜそんなに気にしてるんだという目で言った。

「いったいどこ行ってきたんだろうな？ 旅行だったら、あの性格からいって手ぶらで帰ってくるはずはないと思うんだよ。おまけに、表情がさ」

「表情？」

ノアが顎をいじりながらわずかに眉間に皺を寄せる。まるで事件を推理する探偵みたいで、プッと笑いがもれた。

「どっか山奥で祈祷でもしてたんじゃないか」

答えずにいるとノアがさらに重ねた。

「前より顔が少し穏やかに見えるっていうか？ 落ち着いた感じもするし」

ノアが頭をかいた。

「悲しそうにも見えるし。一言ではいえないけど、なんか雰囲気が変わった。おそらく、恋をしたんだろう」

なかなかいい線いってるなと思ったのに、コイツは必ず最後のところでしょうもない脱線をする。だが、ノアの言うことにも一理はあった。パクは穏やかで落ち着いていた。一方で悲しげにも見えた。僕らの誰も、パクの気持ちを覗き見ることはできない。ひょっとしたらパク自身にも難しいかもしれない。自分と正直に向き合うことは、想像以上に大きな勇気が必要だから。パクの勇気が果たして彼自身にどんなものをもたらしたか知りたかった。パクがいないあいだ、僕は彼の言葉をかみしめていた。

「自分のためだ、自分のため……」

休暇はまるまる自分のための時間だったはずだ。つらい過去を経験しても最後まで自分を投げ出さず、恐ろしい記憶に蝕まれるままにはならなかった。つらさを乗り越え、自分と似た子どもたちを愛する力を身につけ、ついにはその姿を堂々と見せつけてやった。あんたは幼くて弱かった俺にひどい真似をした。だが、俺は病んで弱っているあんたを踏みにじったりはしない。あんたの最期を看取るのは息子だからじゃない。あんたとは違う人間だと、他の誰でもない自分自身にはっきり見せつけるためだ。

もちろん、実際にパクがどう思っていたかはわからない。こんなふうに考えるのはあくまで僕のささやかな希望、パクに傷ついていてほしくないという切実な願いなだけかもしれない……。

僕はノアの肩に腕を回した。

「おい、にしても始まりが祈祷で結論が恋ってのはないだろ？」

「まあ、見なくてもわかるよな。恋人と並んで歩いてて手でも触れてみろ。きっとこう言うぜ」

ノアはコホンコホンと咳払いをした。

「初回のデートで、身体接触はできません」

僕は吹き出してしまった。なんとなくパクなら言いかねない。

「ひょっとしてさ。今日は何点でしたか、とか聞いたりして？」

ノアとひとしきり騒いだ後で、僕は廊下に出た。窓の外には白く凍てついた空が広がっていた。もうすぐ雪が降り出すだろう。僕はマルチウォッチで「相談申請」をタップした。申請を受け付けたという青い光が点滅した。

相談室のドアを開けるなり、パクの姿が目に飛び込んできた。僕は頭を下げて挨拶し、真向かいのイスに腰を下ろした。いつもの通り、パクは感情の読めない表情をしていた。

「何を飲む？」

「アイスコーヒーを」

ボタンを押そうとするパクの手が止まった。

「アイスコーヒーを飲むには寒くないか」

「喉が渇いてるんで」

しばらくするとヘルパーがやってきて、テーブルの上にアイスコーヒーと温かいお茶を置いた。グラスを手渡しながらパクが言った。

「喉が渇くなんて、こっちのほうが緊張するな」

喉が渇いているとは言ったが、心は静かを通り越して妙に悠然としていた。センターに戻ったパクを驚かせる言葉ばかり用意してきたにもかかわらず、僕は不思議と穏やかな気分だった。

「ずいぶん早く戻ってきたんですね？」

パクがうっすらほほえんだ。

「いなくていいと言われているみたいで、なんだかさみしいな」

「旅行をしたら疲れるでしょ。疲れをとる時間はあったほうがいいと思いますけど」

「センターに戻ってこそ、疲れが吹き飛ぶ気がしてね」

はいはい、でしょうね。僕はコーヒーを一口飲んだ。窓の外から、通り過ぎる子どもたちの一団の笑い声が聞こえてきた。子どもたちがいる限り、パクはセンターを去ることができないだろう。みんな、いつかは結局送り出すことになる子どもたちなのに。どうしてそれほど大切にして尽くすのか。そんなにひどい片思いを楽しむのか。

「相談はチェにしていたのに、今日はどういう風の吹きまわしで私なんだ？」

「僕の相談申請は面倒って言われているみたいで、なんだかさみしいですね」

パクが降参というように両手を上げた。

「三次面接で拒絶の意志を表明したと聞いた。あのプレフォスターに問題がないとは思わないが、親密度グラフは着実に上昇曲線を描いていた。君の評価点数も高かったし。これまで、君が面接でプレフォスターにあんなに高い点数をつけたことはなかったと思ったがな？」

パクが僕の気持ちを探るかのように聞いた。相談申請をしたのは、まさにそのことを伝えたかったからだ。なぜ高い点数をつけながら、彼らを拒絶したか。

「ジェヌ301。君らしくない結果であると同時に、君だからこそありえた結果だと思っている」

パクの長く白い指がコツコツとテーブルを叩いた。考えを整理するときに出る、彼の癖だった。

「君は自分の意見をはっきり持っている子どもだ。何気ない一言にも裏の意図をくみ取ろうとする子ども。それだけ慎重だという意味でもある。知っているように、三次で拒絶を宣言するケースはほとんどない。大部分が合宿に臨む。君が三次面接までコマを進めたのは、心の底から信頼できる人に出会ったという意味だったはずだ。単なる心変わり、あるいはおふざけで拒絶したんじゃないと信じている」

僕は、パクが見抜いていると感じた。

「もしかして、あのプレフォスターとは関係のない理由で拒絶を選んだのか?」

ええ。降参しました。降参です。どう言おうか迷った後で、僕は口を開いた。

「そうです。あの人たちは、今まで会ったどんなプレフォスターより気に入っていました」

パクは静かな目で僕の答えを待っていた。

「あの人たちなら、合宿をしてもよかったと思います」

静けさが舞い降り、グラスについた水滴がゆっくりとテーブルを濡らした。ひどく小さな水たまりができた。ハナとヘオルムを思うと、自分でも気がつかないうちにすぐ苦笑いが浮かぶ。

ハナとヘオルムは、命令する代わりに問いかけと反省ができる親だった。心と心のあいだに生じた摩擦でこちらを苦しめるような人たちではなかった。自分たちが親から受けた傷と問題を繰り返さないように努力していた。それで十分だった。ハナとヘオルムは、親になる準備の整った人たちだった。

「実は、僕がいい息子になる自信がなかったんですよね」

「ジェヌ、私は真面目に相談にのりたいんだよ」

「僕が冗談を言っていると思いますか？」

そう言うと、パクの唇がひくついた。

「なんで親ばかりに資格を求めて資質を問うんですか？　子どもにだってやっぱり、親とうまく付き合えるか、いちいちチェックをしないとおかしいですよね。親だからってなんでも知ってて、いつも支えてくれるなんて幻想は捨てろって言ってたじゃないですか。親だからって、無条件に犠牲になる時代は終わったんだって」

僕はしばらく呼吸を整えた。

「認めよう。だが、心から子どもを愛したいと思ってやってくるプレフォスターも……」

「恩恵を計算しているプレフォスターが悪いってわけじゃないんです。僕らだって社会での差別を避けるために親を探してるんですから。みんな十三歳を超えてます。むしろ、親と距離を置きたくなる時期なんだそうです。一番ナーバスで混乱する年頃に親を欲しがるのって、どういうことだと思います？　ＮＣ出身から抜け出したいって意味ですよね。もちろん、本当に子どもを求めているプレフォスターもいるでしょう。心から親を愛したいと思っている子がいるように」

誰のことかわかりますよね？　パクに目で伝えた。一瞬の沈黙が流れた。僕は言葉を続けた。

「互いが互いを必要として一緒に暮らしていくこと。僕らだけの話じゃないですよね。外の世界の家族って、愛情だけでつながってますか？」

「……」

「どっかのセンターに、生みの親が訪ねてきたって話を聞きました。もしもある日突然、僕の目の前に僕を捨てたって人が親だと名乗って現れたら……」

「……」

「すごく憎いと思ったはずです。自分を捨てた人たちですよ。十年以上探しもしなかったのに。会わないほうがマシでしょう。でも……」

窓の外がゆっくりと闇に染まっていった。相談室の照明が自動で明るくなり、室温が上がった。テーブルに置かれたお茶は完全に冷めきっていた。

パクはどれほどつらかっただろうか。見えない傷に、どれほど苦しんだのだろうか。僕は彼の長く白い指を見つめた。コーヒーを一口飲んだ。胸の中がひんやりと鎮まっていった。

「もしかして、休暇の直前に、他のガーディから僕の報告を聞きませんでしたか?」

いくらファンでも、休暇を前にした人間にいちいち報告はしなかったろうが、確認しておきたかった。やはりパクは知らない様子だった。

「僕、リモースルームで反省文を書いていたんです」

パクは少し驚いていた。そして一生懸命何かに思いをめぐらす表情になった。何を考えているか、わかる気がした。

「暴力罪で来たのか。あるいは……」

テーブルに固定されていたパクの視線が、ゆっくりと僕に向けられた。

「リモースルームに来るために、暴力をふるったのか?」

そこまで言われるということは、あえて答えなくてもいいという意味だった。彼はお茶を一口飲んで茶碗を置いた。コトッ。狭い相談室に音が響いた。パクが低くため息をついた。

「もし後者なら……」

パクは声に出さずに僕に言っていた。何か知っているんだな、と。

「すいません。とてもよくないことだったと思ってます」

思いのほか淡々としたパクの反応に、僕のほうが戸惑った。彼の性格からいって声を荒らげたり頭ごなしに叱ったりはしないだろうが、少なくともある程度の失望感は見せると思っていた。だが、彼は力なくほほえんでいる。僕は複雑な気持ちになった。

一度もさらしたことのなかった傷を知られて、むしろ気が楽になったのだろうか？ひょっとしたら父親を完璧に看取ってすっきりしたのかもしれない。

もちろんパクを全部理解できるわけではなかった。誰かを完璧に理解するのは不可能なことだから。でも、彼がなぜ父親の最期を見届けようとしたか、心で感じることはできた。万が一顔を背けたら、結局は父親と同じ人間になってしまうから。最期のときを一緒に過ごしながら、彼は父親から脱した。

「それでなんですが、僕はそういう縁を結ぶことに……自信がないんです」

「どういう意味だ？」

僕はパクの目をまっすぐ見た。

「今後の父母面接は一切拒否します。この時間付けで、僕に関するすべての面接を中止してください」

「君は今、何を……」

めったなことでは視線一つ動かさないパクが、イスからがたんと立ち上がった。もちろんわかっている。パクが僕にいい親を見つけようとどれだけ努力してくれていたか。申し訳ないし、それにありがたいとも思っている。

「うわ、リアクション早いですね」

「君と話しているとこうなるんだ」

パクにも冗談ってやつが言えるとは。彼は暮れかけた窓の外に目をやった。

「ジェヌ301」

パクが口を開いた。

「大人として、こういうことを言うのは恥ずかしい。だが、この世の中はあいかわらず見えない階級に分かれているし、差別は厳然としてある。力がある者は絶え間なく弱い存在を踏みつけにしている。特権意識を持ちたいんだ。力がある者だけじゃない。力の弱い人々にも、そういう特権意識はある。自分も弱いのに、もっと弱い存在を踏みつけようとする。貧しい国から移民してきた人、誰もが嫌がる仕事をする労働者への冷たいまなざしなんかは全部そこに含まれる。実の親のもとで育った人たちは、国家が面倒を見て大きくなった君らに妙な反感を抱いている。君は賢くて魅力的な子どもだ。誰だって君と会ったら好感を持つだろう。だが、君がNC出身だと明かしたとたん、まったく別の視線で眺めるようになる。それはジェヌ、君もよくわかっているだろ。ここで親と出会えなかった場合、その子どもが社会に出てどんな不利益を受け、差別の中を生きることになるか」

パクの言う通り、どの時代にも差別は存在した。でも、その差別と抑圧を少しずつ突き崩していくことが、僕らが生きるこの社会の発展でもあるはずだ。

「NCは人に差別されているから、自分たちがNC出身であることを隠そうっていうのは……根本的な解決策じゃないと思います」

パクがもちろんだというように肯く。

「君らがセンターを出ていい親と暮らすことを手助けする今のシステムが、悪いばかりだとは思わない。君らは社会を学ばなければならない。それには、守ってくれる囲いが必要だ」

「囲いの外に出た羊は、狼に捕まって食べられるからですよね」

「……」

「でも、もっとおいしい草を見つけられるかもしれませんよ」

パクがもう一度ため息をついた。

「NC出身者への差別をなくすことができるのは、NC出身者だけです」

時間の経過につれ数は増えているはずなのに、社会で声を上げるNC出身者はめったにいなかった。身分を替えたから、表に出る必要がないのだ。非難はできない。よく舗装された高速道路を差し置いて、狭くて険しい道を選ぶ人がどれほどいるだろう。だが、やってくる人が増えれば、狭くて険しい道も、いつかは広くて平坦な道になるはず。始まりは一つの石ころを取り除くことだろう。すでに誰かは、石ころを遠くの草むらへ放り投げているかもしれない。次に来る人がつまずいて転ばないように。

「ジェヌ、君は十九歳を過ぎたらセンターを出なきゃいけない。もちろん事前にいくつかの職業教育と技術教育を受けはするだろうが、後は自分一人の力で生きなければならないんだぞ」

もちろん、僕だってこれからのことを考えたら怖かった。だがきっとチャンスはあるはず。それがチャンスだと見抜けるくらい努力をしていれば。僕は、まだ世の中に足を踏み入れたことがない。だからといって今からあらかじめ恐れる必要があるだろうか？　できればいろんな経験をしたい。そのうちに、自分の奥にひそむまた別の自分を発見できるはずだから。

「ガーディ」

「……」

「僕はひねくれた子どもですが、ガーディを思う気持ちは曲がってません。いつもガーディを信じてきました。尊敬していました」

言葉にすると照れくさかった。でもどうせ言いかけたことだ、続けることにした。

「だから、ガーディにも僕の決定を尊重してもらいたいんです」

パクの瞳にインタビュールームの灯りが映っていた。彼は適切な答えを探しているようだった。

「いろいろ考えるタイプだからって、心配性なわけじゃないですよ」

僕は軽く笑った。パクはまた、習慣のように指でテーブルをコツコツし始めた。

「僕、ここでの生活が結構残ってますからね。まだ何かあるかもしれませんよ。ガーディだって同じじゃないですか？」

パクの指が止まった。

「わからないから不安だし。でもわからないから、思いがけないことに出会えるんだと思います」

わからないってことは、必ずしも悪いだけじゃないはずだ。わからないから学べる、わからないからわくわくできる。人生は結局、知らなかったことにたえず気づいていくプロセスで、そこから喜びを感じる長い旅なんじゃないだろうか？

パクがまたコツコツとテーブルを叩きながら言った。

「私は、君が……」

僕はパクの次の言葉を待った。

「君が、いつも気にかかっていた。いろいろ考えていること、深く考えていることが。実は、だいぶ前から予感があった」

「……」

「結局のところ、君はそういう選択をするだろうという予感だ」

他でもない、パクならきっと予想していただろう。時間とともに僕の心の錘《おもり》がどちらのほうへ傾くか。僕はパクに明るく笑って見せた。

「それでも、今まで私やガーディたちが君のために努力したことは、無駄じゃなかったと思っている」

パクが応えるようにほほえみを返した。

「最後に一つ、聞いてもいいですか？」

「……」

「……名前、教えてもらえますか？」

「センターに勤務するガーディは、苗字以外の名は明かさない」

忘れるところだった、パクがどういう人間だったか。僕は肩をすくめた。

「じゃ、戻ります」

ドアに体を向けたところで、背中の向こうからパクの声がした。

「なぜ私の名前が知りたい？」

僕は足を止め、回れ右してパクを見た。睫毛《まつげ》の奥で瞳が何かに揺れて光っていた。実は本気でパクの名前が知りたかったわけではない。名前を知ったからって僕と彼の関係は変わらない。名前に関係なくパクはパク、僕は僕だ。ただ今日、彼は僕が知っているかつてのパクとは違う感じがした。一歩の四分の一ぐらい、いや八分の一ぐらい近づいた感じというか。

「なんとなくです。なんか理由がないといけませんか？」

パクはいつのまにか、また感情の読めない以前の彼に戻っていた。

「ジェヌ３０１、ここはセンターであり君はセンターの子どもだ」

僕は肯くと、照れくさくなって眉をかいた。

「いつか、君がここを出たら……」

「……」

「私はもう、君のガーディでもセンター長でもなくなるがな」

パクの顔にうっすら浮かんだ笑みを確かめて、僕は相談室を後にした。子どもたちが何人か、いそいそとムービングウォークに向かっていた。ペイントに向かっているんだ。あの子たちはまた、大げさに喜んで見せるプレフォスターのホログラムと向き合うのだろう。ある子はこう言うかもしれない。悪くないですね。ペイントします。また別の誰かはこう答えるかもしれない。自分とは合わない人っぽいです。ごめんなさい。僕はあたりを見回した。

ひょっとしたらここは、とても巨大な未来なのかもしれない。自分が選んだ色で塗っていく未来。母親や父親と、事前に顔合わせができる場所。たとえ面接がまとまらなくても関係ない。ペイントの一瞬一瞬、僕らは未来を行ったり来たりするのだから。もうすぐ新しい年になる。僕は、外の世界へ踏み出す準備にとりかかるだろう。十八、まだ生まれていないひょろりと背の高い赤ん坊が、大股に階段を上がっていく。

# 日本の読者のみなさんへ

こんにちは。イ・ヒョンです。『ペイント』が海を越えて日本へ到着しました。はたして日本の読者のみなさんはどんな気持ちでお読みになったでしょう。気になります。

韓国では本書が中学校での必読書として紹介されています。そのおかげで、十代のみなさんと出会う機会をたくさん得ることができました。

私はときどき、こんな質問をします。

「自分の親、あるいは保護者に不満がある人は?」

するとすぐにあちこちから、恨みがましい返事が飛んできます。

「勉強しろってうるさいんです」

「すごくいいところでゲームをやめなさいって言われて」

「スマホの没収。めっちゃサイアク」

どうでしょう? こうした心の声は、ひとり韓国の十代だけの不満でしょうか?

日本の若いみなさん、いかがですか？

あれやこれやの文句の後で、ある子が言いました。

「作家さん、でもね。私はうちの親と面接したら、無条件に百点をつけてあげるつもりです」

どうして？　聞きました。答えは明快でした。

「自分の親だもん」

同時に、いろんな声が聞こえてきました。

「僕も。うちの母さんと父さんが面接に来たら、絶対に選ぶ」

「私もそうだな」

「うちは、パパがお酒を減らす誓約書を書いたら考えてあげる」

思わず込み上げてくるものがありました。これが子どもの本心なんだ。お金があるから、社会的な地位が高いから、立派な学歴だからいい親ではないことを、子どもも知っています。自分たちが完璧でないこともやはりよくわかっています。完全になりきれない人同士が、たがいにおぎないあいながら暮らすのが家族なのでしょう。

面白かったことがもうひとつあります。『ペイント』を読んだ親世代の反応です。

「うちの子は絶対に私を選びませんよ」

「面接の点数？　せいぜい二十点ぐらいですかね？」

「一次面接で落とされると思いますけど?」

この本を読まれた日本の親のみなさん、もし自分なら何点ぐらいだと思いますか(非常に酷な質問ですよね)。なぜこんなことを訊くかというと、ほとんどの子どもが、親が思っている以上に甘い点数を自分の母親や父親、あるいは保護者につけるからです。

理由、ですか? ありません。いつもそばにいる、無条件の味方だからでしょう。親が子どもに、なんの条件もつけずに愛情を抱くのと同じように。

だからといって「〇〇、お前は何点くれる?」とは絶対に聞かないでくださいね。子どもは決して本心を言いません。恥ずかしくて、どんな顔をしていいかわからなくて、「そんなこと聞かないでよ」とぷりぷりするはずです。ご存じですよね。十代って本来、そういうものですから。本心を伝えるのがとても苦手で、難しい時期。それは韓国の十代であれ日本の十代であれ、同じだと思います。

韓国のたくさんの読者の方が、『ペイント』を読んでこう言ってくださいました。いい親はこうあるべき。いい子はこうでなければ。そんな教訓みたいな内容かと緊張したけれど、むしろ励まされたと。

日本の若いみなさん、そして親のみなさんにこうお伝えしたいと思います。今のままで、十分がんばっていますよ。今で、十分です。

本書を読んでくださったすべての方に、心から感謝いたします。『ペイント』がどうか、日本の読者のみなさんへの励ましとなりますように。ありがとうございました。みなさんの幸福を願っています。

韓国にて　イ・ヒヨン

## 訳者あとがき

本書は、二〇一八年に第十二回チャンビ青少年文学賞を受賞したイ・ヒヨン著『ペイント』の全訳です。二〇一九年の刊行直後にベストセラー入りし、このあとがきを書いている二〇二一年九月現在、発行部数は三〇万部を記録しています。日本以外に中国、台湾、ベトナム、インドネシアでも翻訳刊行されました。アジアで多くの読者を獲得した韓国の小説のひとつといえるでしょう。

チャンビ青少年文学賞はその名の通り、若い読者を対象とする青少年文学の活性化を目的に創設された賞です。受賞作を見ると、SFあり、ファンタジーありと実にさまざま。共通しているのは、若い読者の共感を呼ぶみずみずしい目線で〈世界〉をとらえ直していることです。「青少年文学」とうたわれていますが、実際は多くの大人が受賞作を心待ちにしています。

特に、本作の受賞はいつにもまして注目されていました。なぜなら、その前（第十回）の受賞作が韓国で大ベストセラーとなり、日本でも多くの読者に愛された『アーモンド』(ソン・ウォンピョン著、矢島暁子訳)だったからです。『アーモンド』の次にくる受賞作は何か? しかし翌年の第十一回は該当作なしとなりました。二年後、満を持して登場した受賞作が本作です。

作品の舞台は近未来。「ヘルパー」と呼ばれるロボットが家事全般を行い、手首に装着した「マルチウォッチ」ひとつでさまざまな操作ができ、ホログラムでリアルな通信が行われる。そして、人の労苦が技術によって代替される社会は、同時に子どもを産みたがらない、生まれても育てたがらない社会でもあります。少子化はすでに限界を越え、時代は「人口絶壁」の状態です。幸い、北朝鮮と事実上の終戦宣言が出され、国防費を福祉にあてる財政的な余裕はある。そこで国家が打ち出した少子化対策が、出産しても子育てをしたくない親に代わって国家が子どもを養育する「NC《ナショナルチルドレン》センター」の設立でした。

センターに暮らす子どもは「国家の子ども」とされ、十三歳から十九歳までのあいだ、「父母面接」で親を選ぶ権利が与えられます。退所は二十歳になる年の春。それまでに首尾よく親を見つけられれば、センターにいたという過去そのものが抹消されます。タイトルの『ペイント』とはペアレンツ・インタビュー、すなわち父母面接の略語ですが、この言葉がはからずもセンターの意味あいを言いあてているでしょう。ペイントがうまくいけば、自分の人生そのものを塗り替えることができるのです。

少し生意気で、大人顔負けの洞察力を見せる十七歳の主人公、ジェヌ。彼ははたして自分に似合いの親を見つけられるのか。読者は物語を追いながら、気がつけば自分もNCセンターの一員の気分で、子どもたちの選択を見守ることになります。親子の関係が一筋縄でいかないのはどの世代も同じなのでしょう。本作は多くの世代の共感を呼びましたが、特に若い読者に好評だったのは、登場人物たちのストレートな物言いでした。それはたとえばこんな言葉です。

「社会って、原産地表示がハッキリしているものが好きですもんね」（54ページ）
「あたしがもしあの親のもとで育っていなければ、今ごろ完全に違う性格で、違う生き方をしていたんじゃないか？」（115ページ）
「子どもって、ほとんどは家族から一番傷つけられるんだと思う」（115ページ）

主催者側によると、本作がチャンビ青少年文学賞に選ばれる過程では、小学生から高校生まで総勢一三四人の「青少年審査団」の意見も反映されたとのこと。「すごく実感できた」「言いたいことをきちんと言う主人公がいい」「名セリフの宝庫」と熱烈な支持を集めました。

＊＊＊

著者のイ・ヒヨンのデビューは三十代半ば。出産後に産後うつをわずらい、押し寄せる不安と罪悪感を吐き出す場がほしくて近所の文芸教室に通ったのが物語との出会いでした。二〇一三年に短編小説「人が暮らしています（사람이 살고 있습니다）」で第一回キム・スンオク文学賞新人賞大賞を受賞し、本格的な作家活動に入りました。『ペイント』執筆のきっかけは、ある児童虐待事件のニュースへの「だから、親の資格のある人にだけ子育てをさせなくちゃ」という書きこみを読んだことでした。自身も子育て真っ最中であり、「はたして親の資格って誰が与えるんだろう」と考えこんでしまったそうです。そこから、一気呵成に二週間で初稿を完成させました。

予行練習がなく、あらゆることが「初めて」。にもかかわらずどの瞬間も「本番」の子育て。ついこないだまで自分も子どもだったのに、完璧な親がどんなものか知りもしないのに、いきなり命を預けられてしまう不安。しかし著者は、その心もとなさをあえて子どもの立場から描き出します。それも、近未来のリアリティ溢れるディティールを駆使して。結果、読む側の立場によって、状況によって、そして読むタイミングによって、さまざまなメッセージが読み取れる懐の深い物語となりました。作家のチョ・ナムジュ（『82年生まれ、キム・ジヨン』『彼女の名前は』著者）は本作をこう評しています。

「読んでいるあいだじゅう、いい母親になりたいのにどうしていいかわからない私のそばへ、かつての自分がやってきて座っていた。親の関心や理解を求めていた幼い頃の私、そして、絶対に親元を離れると誓っていた二十代の私が」

経験も価値観も異なる別の世代と「家族」でいる難しさ。子どものときも大人になってからも、幾度も読み返せる作品だと言えるでしょう。

親子の関係、家族のありかたへの問いかけに加えて、本書はもうひとつ、とても重要な問題に踏み込んでいます。差別についてです。

生みの親と暮らす一般社会の人々にとって、NCは不可解な存在とされています。もしかしたら何かの犯罪組織の温床なのではないか。たまにこっそり虫型のドローンを飛ばして内情を探ろうとし、敵意を隠しません。だからこそ、NCの子どもたちは親を見つけることこそ得策だと思っています。

「お前は親が欲しいのか？」

アキが当然だというように肯いた。

「いいじゃん、社会に出るのもラクになるし」

アキの言葉は事実だった。僕らが親を選んで家族を作ると恩恵が与えられた。もちろん僕らを育てる人にも、それによっていくつかのメリットがあった。（18ページ）

自分と違う者を線引きするふるまい。本当に相手は自分の側の人間かと疑う眼差し。社会の枠組みを前提として、差別をかわすために、NCの子どもたちはペイントを進めていきます。しかしジェヌは何度か立ち止まって考えます。ジェヌが何に引っかかっているのか。どんな選択を下すのか。結末を知った後で、ジェヌが折々に悩んでいた場面をもう一度読み返したくなるかもしれません。

物語が書かれたのは二〇一八年ですが、むしろパンデミックに襲われ、社会のあちらこちらに不信と分断がひそむ今こそ、多くの方にジェヌの決断を見届けていただきたいと思います。

＊　＊　＊

著者は今年の二月に二つの作品を発表しました。ひとつは、本作のスピンオフの短編「モニター（모니터）」です（アンソロジー『二番目のエンディング』収録）。舞台は本書から五年後。それぞれの信じる道を着実に進むアキ、ノア、そしてジェヌの姿が爽やかな感動を呼び、ぜひ日本に紹介したい作品です。もう一つは長編『普通のノウル（보통의 노을）』。こちらも主人公は十代です。未婚のシングルマザー、同性同士の恋愛などを取り上げながら、「普通」とは何かと問いかけます。若い世代が見つめる社会、希望を捨てない歩みを物語につづりながら、著者も着実に前進しています。

なお、翻訳上のおことわりです。本書で子どもたちは、常に自分の年齢と向き合いながら日々を重ねています。韓国は日本と違って数え年を使用することが多いのですが、登場人物の心情をリアルに伝えるために本書では満年齢に置き換えず、数え年のまま訳出いたしました。ご了承ください。また、著者によれば、NCセンターでの子どもたちの呼称は、英語のほかにラテン語から着想を得たものもあるとのこと。合わせて付記いたします。

NCセンターでの一日のスケジュールからマルチウォッチのオン、オフの仕方まで、細かい質問にも丁寧にお答えくださった著者のイ・ヒヨンさん、ありがとうございました。また、翻訳チェックをしてくださったすんみさん、鄭眞愛さん、装丁を担当してくださった名久井直子さんと、登場人物の佇まいを見事に再現してくださったイラストレーターの伊藤敦志さん、そして、『ペイント』との出会いを作ってくださったイースト・プレスの黒田千穂さんに、この場を借りてお礼を申し上げます。

そして。不安の日々にも明日は来ること、未来があることを信じさせてくれた、ジェヌ、アキ、ノアに感謝を。

二〇二一年九月　小山内園子

**イ・ヒヨン（李喜榮）**

短編小説「人が暮らしています（사람이 살고 있습니다）」で2013年に第1回キム・スンオク文学賞新人賞大賞を受賞してデビュー。2018年『ペイント』で第12回チャンビ青少年文学賞を受賞。30万部を越える大ベストセラーとなる。さらに同年『きみは誰だ（너는 누구니）』で第1回ブリットGロマンススリラー公募展大賞も受賞した。他に長編小説『普通のノウル（보통의 노을）』、『サマーサマーバケーション（썸머썸머 베케이션）』などがある。

**小山内園子（おさない・そのこ）**

東北大学教育学部卒業。社会福祉士。訳書に、ク・ビョンモ『四隣人の食卓』（書肆侃侃房）、キム・ホンビ『女の答えはピッチにある』（白水社）、カン・ファギル『別の人』（エトセトラブックス）、共訳書に、イ・ミンギョン『私たちにはことばが必要だ』、『失われた賃金を求めて』（タバブックス）、チョ・ナムジュ『彼女の名前は』（筑摩書房）など。

**ペイント**
2021年11月22日　初版第1刷発行

著者　　イ・ヒヨン
訳者　　小山内園子
装画　　伊藤敦志
装丁・本文デザイン　名久井直子
校正　　荒井藍
発行人　永田和泉
発行所　株式会社イースト・プレス
〒101-0051
東京都千代田区神田神保町2-4-7 久月神田ビル
Tel.03-5213-4700 Fax.03-5213-4701
https://www.eastpress.co.jp
印刷所　中央精版印刷株式会社


ISBN 978-4-7816-2023-7